개가 되기 싫은 개

The Dog Who Wouldn't Be

한 소년과
특별한 개
이야기

팔리 모왓 지음 | 공경희 옮김

개가 되기 싫은 개

내 유년기를 만들어주신 부모님과
그 시간을 함께한 머트에게 바칩니다.

| 차례 |

1

머트, 집에 오다

1929년 8월 어느 날 답답한 어둠이 새스커툰(캐나다 서스캐처원 주의 중남부에 있는 도시 - 옮긴이)에 내려앉았다. 시계를 보면 아직 정오도 안 된 시간이었다. 해를 보면…… 하지만 먼지가 해를 지워버려 보이지 않았다. 남서쪽의 새 사막지대에서 더러운 흙가루가 일어나서, 높은 가을바람을 타고 북쪽으로 날아들었다. 하늘이 점점 어두워졌다.

새스커툰 시의 변두리에 있는 작은 집에서 어머니는 전등을 켜고 아버지와 내가 먹을 점심을 준비하고 있었다. 아버지는 아직 사무실에서 집에 돌아오지 않았고, 나도 하교 전이었다. 어머니는 칙칙한 그날, 혼자 집에 있었다.

초인종이 울리자 어머니는 성가셔하면서 부엌에서 복도로 나갔다. 현관문을 열면 위협적인 하늘이 쑥 밀고 들어올까 걱정되는 것처럼 문을 조금만 열었다.

계단에 미안한 표정으로 서 있는 손님의 외모는 위협적인 구석이 전혀 없었다. 열 살쯤 된 작은 소년이, 하룻밤과 낮 동안 소리 없이 도시에 쌓인 회색 흙더미를 발로 뭉개면서 서 있었다. 아이는 앞에 버들바구니를 들고 있다가, 문이 열리자 얼른 바구니를 쑥 내밀었다. 그리고 먼지를 먹어 까슬한, 퇴짜 맞을 각오가 된 목소리로 말했다.

"아줌마, 오리 사실래요?"

소년이 가늘고 높은 목소리로 물었다.

어머니는 이미 한물간 코미디언들의 유행어와 비슷한 어구를 듣자('오리 살래요?'로 시작하는 말장난이 한때 유행했다 – 옮긴이) 좀 어리둥절했다. 그래도 바구니를 들여다보았고, 거기에 야윈 새끼 오리 세 마리가 있어서 놀랐다. 더위에 부리를 벌린 새끼 오리들 틈에 뭐라 말하기 어려운 구중중한 강아지가 끼어 있었다.

어머니는 딱하고 호기심이 생겼다. 오리를 사고 싶은 의사가 없는 건 확실했지만.

"그럴 생각은 없다만. 왜 이것들을 파니?"

어머니가 친절하게 대꾸했다.

소년은 용기를 내어 어머니의 미소에 미소로 답했다.

"팔아야 해요. 농원이랑 이어지는 늪지가 말라버렸어요. 큰 오리들은 저희가 먹었는데 이것들은 너무 작아서 먹을 수가 없었어요. 몇 마리는 '차이나 그릴'에 팔았어요. 나머지를 사실래요, 아줌마? 싸요…… 마리당 10센트예요."

아이가 말했다.

어머니가 대답했다.

"미안하구나. 오리를 둘 곳이 없거든. 그런데 작은 개는 어디서 났니?"

아이가 어깨를 으쓱하며 심드렁하게 대꾸했다.

"아, 저거요. 우연히 생겼다고 할 수 있죠. 누가 차를 타고 가다가 저희 집 문 바로 옆에 버렸나 봐요. 혹시 몰라서 가져왔어요. 그런데 개는 팔기가 어려워요."

소년은 문득 좋은 생각이 떠올랐는지 얼굴이 환해졌다. 아이가 다시 말했다.

"저기요, 아줌마, 개를 사실래요? 5센트에 팔게요…… 그러면 아줌마는 5센트를 아끼시는 거예요."

어머니는 주저했다. 그러다 자기도 모르게 바구니에 손을 뻗었다. 강아지는 목이 마를 대로 마른 상태라서 다가오는 손가락을 하늘에서 분수가 쏟아진 걸로 알았음이 분명하다. 강아지가 허겁지겁 오리들을 타넘고 와서 손가락을 잡았다.

소년은 이 기회를 재빨리 잡아서 밀어붙였다.

"녀석이 아줌마를 좋아하네요, 보셨지요? 딱 4센트에 드릴게요!"

부모님과 내가 남부 온타리오의 푸르디푸른 신록을 떠나 건조하고 흙먼지 자욱한 평원으로 온 지 한 달이 채 안 된 때였다.

당시 이 이사는 어리석은 모험으로 보였다. 동부에서도 힘든 시기가 시작되었고, 서부에서는 힘든 시기(가뭄과 불경기)가 시작된 지 이미 오래였다. 아버지가 무슨 생각이 들어서 윈저의 든든한 직장을 버리고 새스커툰의 사서라는 불확실한 미래에 사로잡혔는지 모르겠다. 새스커툰, 그리고 서스캐처원이라는 지명에 거부할 수 없이 끌렸는지도 모른다. 그저 오래 침체되고 답답한 지방에 육체적·정신적으로 갇혀 사는 데 싫증났을지도 모르고.

아무튼 1928년 가을, 아버지는 결정을 내렸고 나머지 식구들은 묵묵히 받아들였다. 나는 기대에 들떠서 신나는 일들을 상상했고 어머니는 심각한 의구심과 비관적인 예감에 젖어 있었다.

아버지는 겨울 내내 카라반을, 우리를 서부로 데려갈 이동주택을 만들었다. 내게는 기나긴 겨울이었다. 토요일이 되면 헛간에 가서 아버지와 합류했고, 거기서 우린 부지런히 망치질과 톱질을 하여 점차 카라반의 형태가 갖춰졌다. 아버지는 바다를 잘 알았지만 육상 수송 수단에 관련해서는 무경험자여서, 카라반은 흔한 모양이 아니었다. 사실 그 카라반은 가는 바퀴 네 개가 달린 고물 '모델 T'의 차대에 집배를 위태롭게 얹은 것 같았다. 그 모양새는 뭉툭하고 강단이 있어 보였다. 측면이 차대부터 살짝 휘어진 갑판(결코 '지붕'으로 불리지 않았다)까지 2미터 이상 곧게 뻗었다. 골격이 우람하고 튼실했고, 어들리(우리 포드 모델 A 컨버터블 승용차)를 왜소해 보이게 했다. 물에 뜬 유정탑이 견인하는 예인선을 작아 보이게 하듯이.

아버지의 친구 몇 분이 카라반의 진척 상황을 보러 가끔 들렀다. 그들은 별말을 하지 않았지만, 깊은 생각에 잠겨 고개를 저으면서 돌아갔다.

우리 카라반은 외형이 멋지지는 않았지만 적어도 편리했다. 아버지는 독창적인 설계자여서 내부에 각종 편의 시설을 들였다. 축 위에 최고급 스토브를 얹은 작은 주방, 다리 달린 램프들, 널찍한 수납공간, 지도 보관함, 앞쪽 차단벽에 세스 토머스 크로노미터(경도 측정용 시계 - 옮긴이), 부모님의 고급스러운 침상 두 개, 내가 쓸 접이식 침상을 설치했다. 식기, 책들, 여타의 물건은 붙박이 찬장에 정리해서 차곡차곡 쌓아 악천후에도 유실되지 않게 했다.

아버지가 심혈을 기울여 만든 카라반 내부가 항해에나 적합하다는 걸 우린 서부로 가면서 실감했다. 우리의 바퀴 달린 배(뱃사람들이 말하는)는 크랭크(기울거나 뒤집히기 쉬운 배 - 옮긴이) 같은 것 이상이었다. 측면이 길고 평평한데다 거대해서 모든 바람에 시달렸다. 바람이 옆구리에 불면 카라반은 묵직하게 흔들렸고 도로의 엉뚱한 쪽으로 육중하게 떠밀리면서 딱한 어들리를 같이 밀어냈다. 맞바람이 불면 어들리는 2단 기어가 들어가야 했고, 그래도 필사적으로 맹렬하게 힘을 내야 무거운 집을 끌고 똑바로 갈 수 있었다. 뒤에서 불어오는 바람 역시 애를 먹이기는 마찬가지였다. 끌려가는 거대한 집이 작은 차를 타고 넘으려 했고, 그러지 못하면 어들리를 빠른 속도로 밀어대서 어머니의 심장을 덜덜 떨리게 했다.

여덟 살 사내애로서는 그 모두가 기억에 남는 여행이었다. 나는 어들리의 접좌석(차 뒤쪽의 덮개 없는 접이식 좌석 - 옮긴이)을 선택했고, 거기서 솝위드 카멜(제1차 세계대전 중 최고의 전투기 - 옮긴이)위의 포수가 되었다. 혹은 카라반에 타고 혼자만의 우주선을 몰고 외계로 갈 수도 있었다. 차보다 카라반이 더 맘에 들었다. 나 혼자만의 멋진 세계였기 때문이다. 접이식 침상은 뒤쪽 창문 아래쪽에 높이 설치되었고 여기 누워서 (반중력 작용과 광풍에 대비해 끈을 단단히 묶고) 내 우주선을 몰고 허공을 지나 오하이오, 미네소타, 위스콘신, 미시간, 노스다코타라는 머나먼 항성으로 갈 수 있었다.

다시 캐나다로 들어와 에스테반이라는 작은 읍에 도착했을 때, 더 이상 외계 풍경을 떠올리며 상상할 필요가 없었다. 서스캐처원 남동부의 황량함은 무시무시했고 공포스럽도록 사실적이었다. 몇 년간 먼지폭풍이 불어서 사막이 새로이 생겨나고 말았다. 여기저기 버려진 건물들의 하얀 골격이 남아서 희망이 죽었음을 보여주었다. 또 인간이 해놓은 일을 뒤덮으며 날려서 쌓인 흙더미에서는 파묻혀버린 나무 울타리의 조각이 튀어나와 바람에 그을려 있었다.

가족 모두 침울했다. 아버지는 북쪽으로 가면 사정이 나을 거라고 달래려 무던히 애썼다. 하지만 마지막 건조 부식 상태인 듯한 작은 촌락들을 끝없이 지나고, 가뭄에 시달린 들녘이 타는 듯 펼쳐지는 벌판을 가로질러 달리는 동안 마치 달에 온 것 같은 풍경은 거의 달라지지 않았다.

새스커툰에 도착한 무렵 어머니는 대놓고 불만을 터뜨렸고, 심지어 아버지도 좀 의기소침했다. 하지만 나는 비극을 오래 실감하지 못하는 나이였다. 이곳이 모든 상상을 초월하는 땅이며, 완전히 새로운 모험들의 무한한 기회를 줄 거라는 점만 보였다. 늪지가 말라 갈라진 흰 컵받침 같은 땅에 매료되었다. 또 지금까지도 알 수 없는 이유로 먼지 구덩이가 되어버린 포플러나무 숲에 반했다. 끝이 없는 지평선에 사로잡혔다. 우리가 어들리의 달아오른 라디에이터에 물을 넣으려고 들른 농장의 노인 말이 지금도 기억난다.

노인은 내게 말했다.

"참 평편하기도 하지, 얘야. 이 나라는 어찌나 평편한지 땅다람쥐 언덕에 서면 중국까지 보이지 뭐냐."

나는 노인의 말을 믿었고 지금도 그렇다. 지리학자들은 견해가 다르겠지만 그 넓은 평원에서 인간의 시력은 무한하니까.

수많은 작은 땅다람쥐가 내 흥미를 돋우었고, 얼마 안 남은 우물의 씁쓸한 알칼리성 물도 마찬가지였다. 도로변 울타리 기둥에서 솟구치듯 날아오르는 매들의 형태, 저녁에 등줄기를 서늘하게 만드는 코요테들의 떨리는 소리도 그랬다. 마침내 새스커툰에 도착하니, 실개천 옆의 절망에 지쳐 널브러진 도시였지만 모험을 잉태하고 있었다. 불과 30년 전 감리교 교단이 금주의 전초지로 건설한 도시로, 초기의 영향력에서 벗어나 인구 3만 명이 서구 세계의 절반 국가들의 종교와 관습을 포용하는 곳이 되었다. 이들, 특히 두호보르파(18세기 러시아의 농민 종파로, 직접 신의 계시를 받는 것을 중시한다 - 옮긴이), 메노나이트(16세기 종교개혁운동 때 출현한 재세례파에서 발생한 개신교 종파로, 북아메리카 등지에서 문명을 거부하고 생활한다 - 옮긴이), 후터라이트(미국 서북부에서 농업에 종사하며 재산을 공유하는 재세례파 - 옮긴이)는 변화라곤 없는 온타리오의 앵글로색슨 지역에서 온 여덟 살 아이의 눈에 신비롭게만 보였다.

아버지는 시의 북쪽 지역에 있는 집을 빌렸고 여름에는 용광로 같고 겨울에는 북극 기지 같은, 이 날림으로 지은 작은 상자가 우리 집이 되었다. 집이 도시의 변두리와 가까워서 내게는 감탄스러웠다. (그토록 최근에 대평원의 땅바닥에 자리를 잡은 터라 새스커툰에는 아직 외곽 지역이 없었다.) 집들이 줄지어 있는 끝에서 전차를 내리면 곧바로 사람의 발길이 닿지 않은 대평원이었다. 갑자기 시공의 변화가 완전히 일어났고, 나는 토요일뿐 아니라 평일이라도 하교 후에 그 변화를 맛볼 수 있었다.

새스커툰의 새 생활에 단점이 하나 있다면 집에 개가 없는 것이었다. 나는 태어난 후 늘 개를 소유하거나 개에게 소유 당했다. 계속 연달아 개가 있었다. 갓난애였을 때는 '새퍼'라는 보더콜리의 보호를 받았다. 어느 날 새퍼는 사나운 이웃에게 끓는 물세례를 받았고 그 결과 미치고 말았다. 난 여덟 살이 될 때까지 늘 개들과 살았다. 그러다 서부로 이주하면서 처음으로 개를 키우지 않았다. 남자아이에게 개가 없는 대평원이란 반쪽 세상일 수밖에 없었다.

거기 도착하자마자 난 개를 키우고 싶어 안달했고, 아버지가 기꺼이 동지가 되어주었다. 서로 속셈이 달랐지만.

오래전부터 아버지는 1900년 앨버타 주에 정착한 내 종조부 프랭크 할아버지의 다채로운 일화를 들으며 살았다. 프랭크 할아버지는 타고난 사냥꾼이었고 거의 대부분의 일화는 서부 대평원에서 벌어진 과장된 사냥 경험담이었다. 새스커툰에 완전히 적응하기도 전에 아버지는 그 일화들의 사실 여부를 확인하기로 작정했다. 아버지는 고급 영국제 엽총, 사냥복, 총알, 『서스캐처원 사냥 법규』, 엽총 사냥에 대한 책자를 사들였다. 꼭 필요한 준비물 한 가지만 남았다. 사냥개.

어느 저녁 아버지는 도서관에서 퇴근하면서 야수 같은 개를 끌고 왔다. 이름은 '불굴의 도전자 황태자'였다. 키가 식탁 높이만 했고, 어머니와 내가 판단하기에 주로 발과 혀만 있는 동물 같았다. 아버지는 우리의 경솔한 판단에 짜증을 내면서, 황태자가 아이리시 세터로 견사(개를 교육하는 사육 시설 - 옮긴이)에서 성장하며 현장 교육을 받았다고 알려주었다. 어느 전문가든 호감을 가질 만한 개라면서. 그래도 우린 감흥이 없었다. 순종이고 여러 대회에서 상을 받았을지 몰라도, 내가 보기에 한 가지 특징을 빼면 쓸모없는 동물 같았다. 침을 흘리는 것만은 대단했다. 황태자처럼 침을 흘릴 수 있는 개는 생전 처음 봤다. 부엌 싱크대에 올라서 물을 잔뜩 먹을 때를 빼면 늘 침을 흘렸다. 그래서 가는 곳마다 축축하고 끈적거리는 흔적을 남겼다. 황태자는 머리가 둔해서 내세울 만한 장점이 없었다.

황태자의 가격이 아니었다면 어머니는 개의 확연한 단점들을 그냥 넘겼을 것이다. 하지만 견주가 200달러를 요구했기에 어머니는 그냥 넘길 수가 없었다. 우리 형편에 캐딜락이 언감생심이듯 그런 가격의 개를 살 수가 없었다. 다음 날 아침 황태자는 떠났지만, 아버지는 의기소침하지 않았고 재도전할 게 확실했다.

부모님은 결혼 생활을 오래해서, 부부 사이에 무리 없이 주도권을 주고받을 줄 알았다. 두 분 다 회피 작전에 능했지만 어머니가 좀 더 노련했다.

어머니는 이제 개가 있어야 된다는 사실을 깨달았고, 그 8월의 먼지 자욱한 날 오리 소년(이후 우린 개를 가져온 아이를 그렇게 불렀다)이 집에 찾아오자 아버지보다 선수를 치는 수완을 발휘했다.

어머니는 오리 소년에게 강아지를 사서, 아버지가 비싼 개를 사지 못하도록 기선을 제압했을 뿐 아니라 6센트를 절약할 수 있었다. 어머니는 싼값 거래를 물리치지 못했다.

학교에서 집에 돌아오니 '싼값 거래'는 비누 상자에 담겨져서 부엌에 있었다. 아무리 싸게 샀어도 강아지가 의심스러워 보였다. 작고 비쩍 마른데다 온몸이 소똥범벅이었다. 강아지가 근시인 것처럼 날 쳐다보았다. 하지만 내가 옆에 무릎을 꿇고서 손을 뺃자 강아지는 흡족하게 엄지를 이빨로 깨물었다. 그 순간 내 의심은 눈 녹듯 사라졌다. 난 둘이 잘 지내리란 걸 알았다.

아버지의 반응은 전혀 달랐다.

아버지는 그날 저녁 6시에 퇴근했고 현관에 들어서기가 무섭게, 방금 본 스프링어 스패니얼 암컷을 칭찬하기 시작했다. 어머니가 말을 끊으면서 이미 집에 개가 왔고 두 마리는 너무 과하다고 설명했지만, 아버지는 처음에 그 말을 듣지 못한 것 같았다.

아버지는 강아지를 보자 화를 냈지만, 그에 대한 역습은 정확하게 잘 준비되어 있었다. 아버지가 정신을 수습할 새도 없이 어머니의 무기가 나왔다.

어머니가 사근사근하게 물었다.

"강아지가 사랑스럽지 않아요? 그리고 아주 '싸요'. 내가 199달러하고도 6센트나 아낀 걸 알아요? 당신이 산 '비싼' 새 총과 총알 값을 충당하고도 남는다고요."

아버지도 끈질긴 성격이어서 얼른 맞대응했다. 아버지는 조롱하듯 강아지를 손짓하면서 부아가 나서 날카롭게 쏘아붙였다.

"하지만, 빌어먹을…… 저따위…… 저따위 '물건'은 사냥개가 아니라고!"

어머니는 대응책을 마련해놓았다. 어머니가 상냥하게 물었다.

"그걸 어떻게 알겠어요, 여보? 개를 야외에서 시험해봐야 알지요!"

이보다 적절한 응수는 없었다. 강아지가 어떤 개로 자랄지 예상할 수 없었으니까. 그것은 강아지의 족보를 더듬어야 되는 일이거든. 아버지는 내게 동조를 요청했지만 난 시선을 피했고, 아버지는 그제야 작전 미스였음을 깨달았다.

아버지는 평소처럼 점잖게 패배를 인정했다. 사흘 후 술을 마시러 들른 지인들에게 아버지가 한 말을 지금도 생생하게, 탄복하며 기억할 수 있다. 제법 말쑥해지고 살도 오른 강아지가 손님들에게 선보였다.

아버지는 담담한 말투로 설명했다.

"수입해온 강아지입니다. 서부에 이런 좋은 한 마리밖에 없다고 알고 있어요. 프린스 앨버트 리트리버라고 하죠. 고지대 사냥에는 경이로운 종이라고 하더군요."

손님들은 무지를 인정하기 싫어서 익히 안다는 듯 가볍게 고개를 끄덕였다. 그중 한 사람이 물었다.

"이름이 뭡니까?"

이 순간 내가 끼어들었다. 아버지가 대답하기 전에 내가 선수 쳤다.

"제가 '머트Mutt'('개'라는 뜻으로, 주로 잡종견을 말한다 – 옮긴이)라고 지었어요."

내가 말했다. 아버지가 내게 던진 표정을 보고 난 넋이 나갔다.

아버지는 내게서 몸을 돌려 손님들에게 확신이 넘치는 미소를 지었다.

아버지가 설명했다.

"이런 고급 혈통은 신중하게 다루어야 해서, 사육장에서 부르던 이름을 공개하지 않는 경우도 많습니다. 스포트나 니퍼('무는 것'이라는 뜻이다 – 옮긴이) 같은 단순하고 속된 이름을 짓는 편이 더 낫지요."

아버지는 여기에 양념을 쳐서 덧붙였다.

"머트도 괜찮고."

2

살아 있는 탈곡기

집에 와서 몇 주 지나자 머트의 성숙한 모습에 가족 모두 깜짝 놀랐다. 머트는 새끼 강아지가 아니었다. 적어도 우리에게 온 후에는 그랬다. 혹시 오리들 틈바구니에서 시달리느라 일찍 철이 들었을까. 아니면 원래 어른의 마음을 갖고 태어났던지. 아무튼 머트는 새끼들이 하는 장난스러운 짓을 단호히 피했다. 슬리퍼를 뜯어놓거나 천 소파를 찢거나 카펫에 얼룩을 만들지 않았다. 사람들의 발과 전쟁놀이를 하는 시늉도 하지 않았고, 밤에 어두운 부엌에서 몇 시간씩 혼자 있어도 무서워하는 소리를 내지 않았다. 우리에게 온 첫날부터 머트는 단호하고 자제력 강하고 품위 있는 분위기를 풍겼다. 생활을 진지하게 받아들였고 우리도 그러기를 바랐다.

유순하지도 않았다. 우리가 알기 전부터 머트는 흔들림 없는 단호한 성격이었고 평생 변하지 않았다.

어릴 때 머트는 개로 살면 미래가 없다고 결정했던 것 같다. 그래서 모든 행동을 고집스레 하면서 개 아닌 다른 존재가 되기 시작했다. 무의식적으로 자신을 개로 믿지 않았지만, 멍청한 개들이 흔히 그러듯 자기를 사람으로 생각하지도 않았다. 머트는 개와 사람, 양쪽 모두에 가까워 보였지만 또한 그 어느 쪽도 아님을 보여주었다.

태도가 독특했다면 외모 또한 특이했다. 보통 세터 종과 전혀 다른 체격이었지만, 모든 면에서 알려진 어떤 종과도 달랐다. 뒷다리를 포함한 후반신이 전반신보다 몇 인치 높았고, 동시에 왼쪽에서 오른쪽으로 확실히 기울었다. 그 결과 걸을 때면 세 다리가 오른쪽으로 기운 채 떠가는 것 같으면서 급속 잠항하는 잠수함 같은 으스스한 인상을 주었다. 머트를 아주 잘 알지 않으면, 머트가 어디로 가는지, 당장의 목적이 뭔지 가늠되지 않았다. 머트의 눈이 한데 몰려서 시선을 봐도 알 수가 없었다. 사팔뜨기처럼 보였거나, 사실 그랬을지도 모르겠다. 전체적인 외형이 현실적으로 도움이 됐다. 머트에게 쫓기는 땅다람쥐와 고양이는 머트가 어디를 겨냥하는지 판단할 수가 없었고 그걸 알았을 때는 이미 늦어서 공격당하고 말았으니까.

훨씬 더 불안한 신체적 특징은 뒷다리가 앞다리보다 늦게 움직이는 점이었다. 뒷다리가 앞다리보다 길어서 그렇다고 이론적으로는 설명이 됐다. 그런데 이유를 알아도, 전반신이 굼뜬 후반신을 느리지만 매몰차게 떼어놓는 것 같은 불안한 인상은 지워지지 않았다.

하지만 이런 면이 있어도, 전반적으로 호감이 안 가는 외모는 아니었다. 멋진 검은색과 흰색 털은 비단결처럼 매끄럽고 다리의 '깃털'이 유난히 길었다. 꼬리가 길고 유연해서 표정이 풍부하게 느껴졌다. 귀가 좀 크고 비뚤지만 두상이 널찍하고 머리끝이 높고 둥그랬다. 불룩한 코만 순백색이고 나머지 얼굴은 검었다. 아주 잘생기지는 않았지만, 링컨 대통령이나 웰링턴 장군처럼 특이하게 기품이 있는 기묘한 모습이었다.

또 머트는 임기응변에 능해서 남들을 당황하게 만들었다. 단순한 '개'가 아니라는 신념이 워낙 강해서, 이런 믿음을 인간 구경꾼들에게 보여줄 수 있었다.

1월의 어느 추운 날 어머니는 크리스마스 이후의 쇼핑을 하러 시내에 갔고 머트가 따라갔다. 어머니는 허드슨 베이 백화점(1670년에 설립되어 캐나다에서 가장 오래된 백화점으로, 당시 '컴퍼니 오브 젠틀맨 어드벤처러스Company of Gentlemen Adventurers'라고도 불렸다 - 옮긴이) 밖에 머트를 두고 들어갔다. 몇 달 안 지났을 때인데도 머트가 강한 반감을 보이는 일들이 있었고, 유명한 '컴퍼니 오브 젠틀맨 어드벤처러스'에 들어가는 일도 그중 하나였다. 어머니가 백화점에서 한 시간쯤 보내는 사이 머트는 바람 부는 인도에 남아 떨었다.

마침내 어머니가 밖에 나오자 머트는 자발적으로 밖에 남기로 했던 사실을 까맣게 잊었다. 그래서 어머니가 자기를 방치했다고 넘겨짚고 불만을 키웠다. 떼를 쓰기로 결정했고, 머트가 떼를 쓸 때는 어떻게 해볼 도리가 없게 변했다. 어머니는 무슨 말로도 머트를 찬 콘크리트 바닥에서 일어나게 하지 못했다. 달래보았다. 머트는 어머니의 말을 무시하고, 길 건너 '스타 카페'의 서리 낀 창만 응시했다.

주위에 구경꾼이 모여든 것을 어머니도 머트도 몰랐다. 이상한 겨울 의상을 입은 두호보르파 신도 세 명, 물소 가죽 코트를 걸친 경찰관, 인근 '메디컬 아츠 빌딩'에서 나온 치과 의사가 그들을 둘러쌌다. 추운데도 점점 흥미로워지는 광경을 구경하며 서 있었다. 어머니가 명령하자 머트는 약간 입매를 올리고 나직이 으르렁대면서 거부했다. 둘 다 차츰 화가 나서 목소리가 점점 격해졌다.

이 대목에서 치과 의사는 현실감을 잃고 말았다. 의사는 앞으로 나가서 머트에게 남자 대 남자의 대화를 시도했다.

"아이고, 이 녀석. 정신 차려라!"

의사가 꾸짖었다.

머트는 목구멍 깊이 경멸하는 소리를 냈고, 그러자 경찰관이 가만히 있을 수가 없었다.

경관이 물었다.

"뭐가 문제인 것 같습니까?"

어머니가 설명했다.

"개가 집에 가려 하지 않네요. 가지 않으려고 고집을 부려요!"

경관은 행동하는 사람이었다. 경관은 곰 발바닥 같은 장갑 낀 손을 머트의 코 밑에서 흔들었다.

"부인이 추우신 걸 모르겠니?"

경관이 엄한 말투로 물었다.

머트가 눈을 굴리면서 하품을 하자 경관이 발끈했다.

"자, 잘 봐라. 당장 움직이지 않으면, 장담하건대 내가 처넣을 거야!"

경관이 윽박질렀다.

다행스럽게도 그 순간 아버지가 어들리를 몰고 그 앞을 지났다. 아버지는 머트와 어머니가 실랑이하는 걸 본 적이 있기에 얼른 조치를 취했다. 둘 다 얼싸안다시피 차 앞좌석에 밀어 넣었다. 아버지는 머뭇대지 않았다. 주인들이 큰길에서 개와 다투었다는 걸 알면 거구의 경관과 치과의가 어떻게 반응할지 아버지는 차마 보고 싶지 않았다.

머트와 입씨름을 해봤자 백이면 백, 소용없었다. 머트는 나이 들면서 더 소리를 높이고 논쟁적이 되었다. 내키지 않는 일을 요구받으면 낮게 으르렁대기 시작하곤 했다. 재촉 받으면 낮은 으르렁 소리가 커지면서 높아졌다가 낮아졌다. 적대적인 으르렁 소리도 아니고 위협적이지도 않았다. 알아듣기 힘든, 고집스레 윙윙대는 소리였다.

서부에서 보낸 첫 겨울, 아버지는 소설을 썼고 작업 중에 방해받으면 극도로 예민해졌다. 어느 저녁, 아버지는 거실에서 이동식 타자기 위로 몸을 숙였다. 시무룩하고 수척한 얼굴로 집중했지만 실제로 종이에는 기록이 없었다. 어머니와 나는 상황을 눈치채고 지혜롭게 부엌으로 피해 있었지만, 머트는 거실에 남아 난로 앞에서 잠들었다.

머트는 잠버릇이 고약했다. 코 고는 소리가 괴상하게 날카로웠고, 생생하게 꿈을 꾸는 개라서 대평원을 달리며 토끼를 잡을 때는 코골이를 중단하고 고음으로 마구 짖었다.

그날 저녁도 꿈에서 운 좋게 사냥 중이었을 것이다. 아마 쫓는 토끼가 늙고 병약하거나 미끄러져서 넘어졌겠지. 아무튼 머트가 토끼에게 다가섰고, 그 순간 거실은 엎치락뒤치락하는 끔찍한 소리로 떠나갈 듯했다.

영감에 잠겼던 아버지는 화들짝 놀랐고 부아가 치밀었다. 아버지가 고함을 질렀고, 머트는 승리의 바로 그 순간에 후다닥 잠에서 깼다. 머트는 방해받으면 복수하는 성향이 있었다.

"나가, 넌더리나는 짐승 놈!"

아버지가 머트에게 호통을 쳤다.

머트는 입꼬리를 올리고 말씨름을 할 채비를 했다.

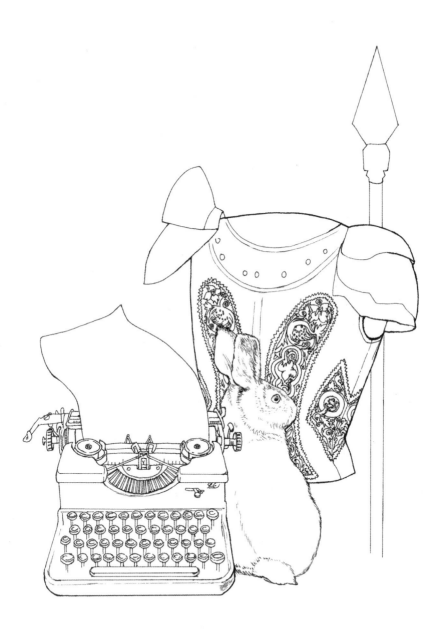

이제 아버지는 거의 제정신이 아니었다.

"내가 '나가'라고 했어, 이 살아 있는 탈곡기 자식아!"

머트의 반항하는 으르렁 소리가 즉시 커졌다. 어머니와 나는 가볍게 떨면서, 무서운 추측을 하면서 서로 바라보았다.

유리창이 깨지는 소리가 예상이 적중했음을 확인해주었다. 백과사전 한 권이 식당 벽에 부딪혀 엉뚱하게 프렌치도어(여닫이식 유리문 - 옮긴이)에 맞았다. 거의 동시에 머트가 부엌에 나타났다. 녀석은 우리를 쳐다보지도 않고 쿵쾅대며 지하실 계단을 내려갔다. 온몸으로 분노를 번뜩이면서.

곧 아버지는 후회했다. 아버지는 머트를 따라서 지하실로 내려갔고, 아버지가 사과하는 소리가 위까지 들렸지만 소용이 없었다. 머트는 사흘간 아버지를 알은체도 하지 않았다. 머트에게 입씨름 아닌 물리적인 폭력은 대역죄였다.

머트가 아주 어려서부터 끝까지 고수한 사람 속을 뒤집는 습관이 또 있었다. 싫은 지시를 입씨름만으로 피할 수 없으면 귀머거리인 체했다. 가끔 나는 화가 치밀어서 머트의 길쭉한 귀를 들추고 발키리(북유럽 신화에 나오는 죽음의 천사이자 전쟁의 요정 - 옮긴이) 같은 목소리로 명령을 외치기도 했다. 하지만 머트는 무슨 일이냐는 표정으로 내게 고개를 돌릴 뿐이었다. 꼭 심드렁하게 '미안~ 뭐라고 했어?'라고 묻는 듯이.

우린 이 짜증나는 습관을 효과적으로 고칠 방도가 없었다. 가끔 우리 집을 방문하는 친할아버지도 같은 습관을 가져서였다. 할아버지는 애써야 되는 일에 대해 들을 때는 돌부처 같았지만, '위스키'라는 단어는 앉은 자리의 3층 위에서 말해도 귀신처럼 알아듣고 반응했다.

이제 머트가 같이 살기 쉽지 않은 개라는 건 확실히 아시겠지. 그런데 머트의 비타협적인 태도는 가족이 적응하는 것도 어렵게 했지만, 자신이 일상적으로 세상에 적응하는 것을 훨씬 어렵게(때로 완전히 불가능하게) 만들었다. 외고집은 머트의 생애 내내 희비극을 일으키는 요소였다. 하지만 안타깝게도 머트는 별난 삶과 혼자 싸운 게 아니었다. 삶과 벌인 사투에 주변 사람들을 피치 못하게, 때로 큰 사고 속으로 끌어들였다.

머트는 어딜 가든 기억을 깊이 새겨놓았다. 격노의 고함소리 같은 생생한 기억이든, 치매 같은 우중충한 색감의 뿌연 기억이든. 머트는 돈키호테의 분위기를 풍겼고, 그런 분위기에서 우리 가족과 10년 넘게 살았다.

3

파란색을 입다

머트가 우리 집에서 겪은 최대 모욕은 아버지의 언어관에서 비롯되었을 것이다. 사서 겸 작가인데다 박식한 아버지는 구어, 문어 가리지 않고 언어의 신성함을 열렬하게 옹호했다. 그래서 잘못 사용된 언어를 접하면 한없이 분개했다.

북미인들은 그때나 지금이나 변하지 않아서 아버지는 툭하면 격분했다. 나는 아버지가 어느 신흥 귀족(잘나가는 사업가)과 등지는 것을 본 적이 있다. 이 딱한 사람이 신제품을 곧immediatize(사전에도 없는 엉터리 단어 - 옮긴이) 생산crafting(공예 혹은 손재주를 일컫는 말 - 옮긴이) 할 거라고 말하면서 틀린 단어를 사용한 이유에서였다. 아버지는 이런 종류의 언어 오용은 용서의 여지가 없다고 믿었고, 그 중에서도 가장 못 참는 경우는 광고문에 나오는 허튼소리였다.

아버지는 이 부분에 몹시 확고해서 대중잡지가 우리 집에 들어오는 것을 허용하지 않았다. 이것은 가끔 어머니를 곤란하게 했지만, 거실 소파 방석 밑에 숨긴 〈우먼스 분 컴패니언(여성의 가까운 친구)〉이 우연히 아버지 눈에 띄었을 경우 우리가 겪는 고통에 비하면 아무것도 아니었다. 아버지는 불경스런 잡지를 들고 서서 포로가 된 청중을 주목하게 해놓고, 이런 것이 아버지가 사랑하는 모든 것에 침투하게 허용하는 세상이 어떤 미래를 맞이할지에 대해 신랄하게 연설하곤 했다.

다행히 이런 사고는 드물었지만, 가끔 어머니나 내가 부주의하면 터지곤 했다. 머트가 우울감에 시달리게 된 것도 그런 사건의 후유증이었다.

머트가 맞은 두 번째 해의 봄날에 일이 터졌다. 그날 오후 어머니의 손님들이 와서 다과 모임을 가졌고, 어떤 부인이 유명한 여성지를 가져왔다가 도로 가져가는 것을 잊고 말았다.

그날 저녁 아버지는 안절부절못했다. 도서관에서 퇴근하면서 언제나 한 아름이나 되는 책을 가져오는데 그걸 깜빡해서였다. 모기떼 또한 극성스러워서, 평소처럼 뒷마당에서 민들레를 돌보며 저녁나절을 보내는 즐거움을 빼앗겼다. 아버지는 거실에서 서성댔고 결국 어머니는 더 봐줄 수가 없었다.

마침내 어머니가 말했다.

"제발 그만 좀 왔다갔다해요. 앉아서 잡지라도 봐요…… 내 의자 뒤에 한 권 있으니까."

그 말을 할 때 어머니는 뜨개질에 완전히 정신이 팔려 있었을 것이다. 좀처럼 그렇게 방심하는 분이 아니었는데.

나는 방에서 샹플랭(프랑스인 탐험가로, 퀘벡을 건설했다 - 옮긴이)에 대한 에세이를 쓰는 중이었다. 얼핏 어머니의 목소리를 들었지만 무슨 말인지 유의하지 않았다. 머트는 내 발치에서 자면서 꿈을 꾸느라 아무 소리도 못 들었다. 우린 아무런 준비 없이 잠시 후 터진 곤혹스러운 고함을 들었다. 아버지의 목소리는 연병장의 고함소리 같은 걸로 이름났는데, 이 경우에도 무슨 말인지 모를 정도로 소리가 컸다.

아버지가 천둥 치는 것 같은 소리로 외쳤다.

"당신의 더러운 속옷을 보면 대관절 이웃들이 뭐라고 말할까?"

머트는 갑자기 깨느라 머리를 책상에 부딪혔다. 내 머리에서 샹플랭이 사라졌고, 난 속옷과 관련해 나쁜 짓을 한 기억이 있는지 정신없이 따지기 시작했다. 그때 어머니가 나긋나긋하고 조용한 말소리로 고함의 메아리를 쫓아냈다. 나는 심장박동이 정상으로 돌아오면서 호기심이 동하자 복도로 나가 거실 문 안을 들여다보았다.

아버지가 다시 선임하사관처럼 왔다갔다했다. 아버지는 잡지를 펼쳐 들고 흔들어댔고, 총천연색 전면광고가 내 눈에 보였다. 말할 수 없이 지저분한 속바지가 빨랫줄에서 못된 업소의 깃발처럼 흔들리는 장면이었다. 굵은 진홍색 글자로 굴욕적인 비난을 담은 문구가 적혀 있었다.

이 속옷은 당신의 것일지 모릅니다!

어머니는 의자에 조용히 앉아 있었지만 입술을 오므리고 있었다. 어머니가 말했다.

"제발요, 앵거스! 진정해요! 결국 다들 먹고살아야 되는데, 그 회사가 표백제를 못 팔면 어떻게 살겠어요?"

아버지는 신랄하게 대꾸했고, 난 적절한 대응이라고 생각했지만 어머니는 못 들은 체했다.

어머니가 계속 말했다.

"좀 상스럽긴 해도 독자의 눈을 끌려는 의도잖아요. 사실 눈을 끌기도 하고요, 안 그래요?"

아버지가 그 말에 주의를 기울였다는 것은 두말하면 잔소리.

어머니가 의기양양하게 매듭지었다.

"거봐요, 알겠죠?"

어머니가 말다툼을 매듭지을 때면 늘 하는 말이었다.

잡지는 다음 날 아침 조용히 소각로에 던져졌고, 어머니와 나는 이 특별한 폭풍이 잠잠해졌다고 짐작했다. 큰 착각이었다. 잠재의식의 작용에 대해서는 전혀 몰랐으니까. 그 사건이 아버지의 머릿속 깊이 숨어서 곪고 있는 줄은 미처 몰랐다.

여름이 다가오고 늪지가 다시 허옇게 말라붙었다. 어린 곡물이 시들어 탔고, 또다시 가뭄이 들이닥쳤다. 타는 대기 속에서 먼지가 계속 내려앉아, 옷을 벗고 욕조에 들어갈 때를 제외하면 늘 버석대는 모래에서 헤어나지 못했다. 머트는 그나마도 누리지 못했다. 긴 털이 모래범벅이어서 털이 뭉치고 탈색되어 황달에 걸린 사프란색이 되었다. 그런데도 어릴 적에 머트는 이 괴로움을 떨치기 위해 제 발로 물에 들어가려 하지 않았다.

머트는 가뭄의 진정한 자식이었다. 생후 몇 개월간 물을 접하지 못해서 저절로 물을 의심하게 되었던 것 같다. 아무튼 망아지가 방울뱀을 피하듯 머트는 물의 양과 관계없이 물을 피했다. 우리가 억지로 목욕을 시키려고 마음먹으면 머트는 입씨름을 벌이고 귀먹은 체할 뿐 아니라 달아날 수만 있으면 차고 바닥 밑으로 들어가 먹이도 물도 없이 버텼다. 결국 우리가 포기해서 목욕시키지 않겠다고 확실히 달래야 나왔다.

머트를 의심 없이 지하실에 준비된 빨래통으로 유인할 작전을 세우는 게 목욕의 큰 난관이었다. 이 문제는 매번 다른 해결책이 필요했다. 머트가 기억력이 좋은데다 쉽게 목욕을 의심하기 때문이었다. 한번은 산 땅다람쥐를 지하실에 풀고 '예상치 않게' 나온 체하면서 머트를 불러 잡게 했다. 이 작전은 성공했다.

목욕 자체도 우리 모두에게 큰 시련이었다. 처음 몇 번은 목욕을 시키면서 다들 우비, 폭우용 방수모, 고무장화를 갖추었지

만 적절치 않다는 걸 알고 나중에는 간단히 허리에 천만 둘렀다. 머트는 포기하지 않았고 가끔 욕조를 피하려고 아연실색할 짓까지 저질렀다. 한번은 내 손에서 나프타 비누를 낚아채서 삼켜버렸다. 알고 한 짓인지 모르고 한 짓인지 알 수 없다. 즉시 머트가 거품을 토해내기 시작했고 우린 목욕을 중단하고 수의사를 불렀다.

수의사는 상상력이 없는 중년 남자로, 주로 말의 부스럼과 젖소의 부은 젖통을 치료했다. 그는 머트가 자발적으로 비누를 삼켰다는 걸 믿지 않으려 했고 약간 화를 내면서 떠났다. 머트는 그 소란을 틈타 사라졌다. 그리고 24시간 후에야 창백하고 수척해져서 돌아왔다. (나프타 비누의 구토 효과는 확실히 승명되었다.)

머트를 목욕시키는 것은 가볍게 결정할 수 있는 일이 아니어서, 우린 최대한 미루고 또 미루었다. 머트가 목욕할 시기를 한참 넘긴 7월 말쯤, 나는 집을 떠나 마니토우 호숫가에 있는 친구네 별장에서 며칠 지냈다.

마니토우에서 즐거운 시간을 보냈다. 서부의 소금 늪지에서 염분이 가장 많은 곳이다. 친구와 나는 종일 수영을 하면서 보냈다. 물의 염도가 높아서 균형을 잡을 만큼 물속 깊이 들어갈 수가 없었다. 수면 가까이서 미끄러지며 놀다가 햇볕에 화상을 입고 염분 때문에 가려움증이 심했다.

근심 없고 행복하게 지내다가 월요일 아침에 새스커툰으로 돌아왔다. 집 앞쪽 통로를 올라가면서 머트에게 휘파람을 불었다. 녀석에게 줄 선물이 있었다. (오다가 도로에서 죽은 땅다람쥐를 주워서 가져왔다.) 머트는 내 휘파람에 응답하지 않았다. 살짝 불편한 기분으로 현관문을 열고 들어가니 어머니가 시름젖은 표정으로 소파에 앉아 있었다.

"아, 아들. 네 개가 가여워서 어쩌니, 딱해서! 아, 가엾은 녀석!"

불안감이 엄습했다. 어머니의 품 안에서 내 몸이 굳었다.

"머트가 왜요?"

내가 물었다.

어머니는 포옹을 풀고 내 눈을 들여다보면서 말했다.

"마음을 단단히 먹어라. 네가 직접 보는 게 좋을 게다. 머트는 차고 밑에 들어가 있다."

난 이미 걸음을 옮기고 있었다.

차고 밑의 굴 같은 공간은 머트의 피난처였고, 좁은 통로를 지나야 들어갈 수 있었다. 나는 무릎을 꿇고 어두운 통로를 들여다보았다. 눈이 어둠에 적응하자 머트와 비슷한 희미한 형체를 알아볼 수 있었다. 가장 안쪽 구석에서 머리를 반쯤 꼬리에 묻고 있었지만, 드러낸 한쪽 눈은 심술이 나서 번뜩였다. 머트가 크게 다친 것 같지 않기에 나오라고 불렀다.

머트는 꼼짝하지 않았다.

결국 내가 기어 들어가서 꼬리를 단단히 붙잡고 힘껏 끌어내야 했다. 다음 순간 머트의 모습을 보고 놀란 나머지 나는 꼬리를 잡은 손을 놓았고, 머트는 냉큼 다시 굴속 깊이 들어가버렸다.

머트는 까맣고 하얀 개가 아니었다. 심지어 까맣고 노란 개도 아니었다. 완전히 까맣고 파란 개였다. 전에 희었던 부분이 섬뜩한 남색으로 변했다. 으스스한 느낌을 자아냈고 머리 부분이 특히 그랬다. 코와 주둥이까지 밝은 파란색이었으니.

머트의 변화는 내가 마니토우로 떠난 날 일어났다. 개는 버림받아서 심통 나고 속상해서, 그날 내내 샐쭉했다. 동정을 받아 마땅했지만 가족 모두 모른 척하자 머트는 집을 나가 저녁이 되도록 돌아오지 않았다. 그러다 돌아왔을 때 사달이 났다.

머트는 마을 동쪽의 넓은 평원 어딘가에서 인간에게 복수할 수단을 발견했다. 말의 사체가 부패해서 그 위에서 구르면 딱 좋을 상태였다. 머트는 부지런히 죽은 말 위에서 굴렀다.

머트는 9시 조금 지나 집에 들어왔고, 어둠을 틈타 피신처에 숨을 수 있다고 믿었다. 그런데 잠복 중인 아버지에게 불시에 붙잡혔다. 머트는 빠져나가려고 몸부림을 쳤고 잠시 성공했지만 뒷마당에 갇히고 말았다. 결국 죽는소리를 내면서 지하실로 끌려갔다. 문이 닫혀 잠겼고 빨래통마다 물이 채워져 있었다.

아버지는 이후 벌어진 상황을 일일이 밝히려 하지 않았지만 어머니에게 (사실 직접 지하실에 내려가지 않았지만) 제법 상세히 들을 수 있었다. 세 시간이나 걸렸고 옥신각신하는 소리와 냄새가 환기구를 통해 어머니한테까지 전해졌다. 시간이 지나도 정도가 약해지지 않았다. 두 시간째 접어들자 아버지와 머트 모두 목이 쉬어 말이 없어졌지만, 지하실 바닥에 물이 튀는 요란한 소리로 볼 때 아직 싸움이 끝나지 않은 걸 알았다고 어머니는 말했다.

자정이 다 되어서야 아버지 혼자 지하실 계단 위에 나타났다. 알몸이었고 기진맥진했다. 아버지는 독한 술을 마시고 목욕을 한 후, 어머니에게 지하실 전쟁터에서 벌어진 끔찍한 싸움에 대해 알려줄 겨를이 없이 잠들었다.

머트는 밖에 나가 밤새 현관 지붕 아래에 있었다. 지친 나머지 곧장 말 사체에게 돌아가는 것으로 분노를 발산할 기력이 없었다. 아침이 되면 그러겠노라 결심했겠지만.

새벽이 밝았지만 말의 유혹도 머트의 아침 의례를 막지 못했다.

오래전부터 머트는 해가 뜰 때부터 아침식사 때까지 동네 골목을 배회하는 습관이 있었다. 늘 다니는 코스가 있었고 거기서 벗어나는 경우는 없었다. 늘 들르는 쓰레기통들이 있고, 물론 늘 정해진 전봇대에서 일을 봤다. 9번가와 10번가 사이의 골목을 내려가 뉴브리지 초입까지 간 다음, 마지막으로 '파이브 코너스' 지역에 있는 식당들과 식품점들 뒤쪽을 어슬렁댔다. 돌아오는 길에는 큰 도로를 걸으면서 소화전들을 살폈다. 집으로 향할 즈음이면 강을 건너 출근하는 사람들로 거리가 북적였다. 이 특별한 아침에 남쪽으로 향하는 출근자들 틈에 머트가 끼기 전까지는 재앙의 조짐이 보이지 않았다.

어머니도 아무 낌새를 느끼지 못했는데, 7시 45분에 전화벨이 울렸다. 어머니가 전화를 받으니 여자가 성난 목소리로 소리쳤다.

"당신들은 감옥에 갈 거야! 내가 고소해도 그렇게 재미있을지 두고 보자고!"

전화한 사람이 쾅하고 전화를 끊자 어머니는 다시 식사를 준비했다. 이른 시간에 어머니는 늘 차분했고, 이 위협적인 통화가 잘못 걸려온 전화인 줄 알았다. 아침 식탁에서 어머니는 아버지에게 웃으면서 전화 받은 이야기를 전하기도 했다. 경찰이 찾아왔을 때도 어머니는 여전히 웃고 있었다.

경관 두 명이 왔고, 어머니가 현관문을 열자 그들은 유쾌하고 정중하게 대했다. 한 경관이, 어떤 '괴짜'가 경찰서에 전화해 모왓 가족이 개의 몸에 칠을 했다고 신고했다고 말했다. 경관들은 난처해하면서, 엉뚱해 보이는 신고도 일단 접수되면 조사하는 게 규칙이라고 설명했다. 그들은 절차상, 어머니에게 개털이 본래 색깔이라는 확답을 받으면 얼른 물러가겠다고 말했다. 어머니는 즉시 확실하다고 대답했지만, 어쩐지 기분이 찜찜해서 아버지에게 이야기하러 서둘러 식당으로 갔다.

아버지는 거기에 없었다. 아침 커피도 다 마시지 않고 사라져 버렸다. 뒷골목에서 어들리가 툴툴대면서 픽픽대는 소리가 났고, 그것은 아비지가 황급히 떠나고 있다는 뜻이었다.

어머니는 어깨를 으쓱하고는 그릇을 부엌으로 옮기기 시작했다. 바로 그때 머트가 방충문을 긁었다. 어머니가 가서 개를 들어오게 했다.

머트는 고개를 푹 숙이고 괴로운 표정으로 냉큼 안으로 들어왔다. 복잡한 거리에서 무척 불쾌한 시간을 보냈음이 분명했다. 머트는 득달같이 내 방으로 가서 침대 밑으로 사라졌다.

어머니가 도서관으로 전화했을 때 아버지는 아직 출근 전이었다. 어머니는 아버지에게 당장 집에 오라는 다급한 메시지를 남긴 후 수의사에게 전화했다.

불운하게도 머트가 나프타 비누를 삼켰을 때 왔던 그 수의사였다. 그가 다시 왕진을 왔다. 하지만 잔뜩 의심하는 눈빛이었다.

어머니는 현관에서 그를 맞이해 얼른 침실로 안내했다. 두 사람은 머트에게 침대 밑에서 나오라고 설득했다. 머트는 거부했다. 결국 수의사가 개를 잡으려고 침대 밑으로 기어 들어가야만 했다. 그 모습이 아주 꼴사나웠다.

수의사는 침대 밑에서 나와서 잠시 말을 잇지 못했다. 어머니는 그 침묵을 머트가 위중한 상태라고 받아들였다. 수의사에게

병명을 말해보라고 채근했다. 어머니는 그런 장광설이 쏟아질 줄은 꿈에도 몰랐다. 수의사는 전문가로서의 태도 따윈 까맣게 잊었다. 그는 수의사를 때려치우고 그가 태어난 밀 농장으로 돌아가겠다고 비통하게 맹세하면서 우리 집을 떠났다. 그는 너무나도 화가 나서 청구서도 주지 않고 가버렸다.

이제 어머니는 하루아침에 너무 많은 일을 겪어서 더 시달릴 여력이 없었다. 그러다 몇 분 후 아버지가 조심스럽게 뒷문으로 들어왔다. 아버지는 머트와 거의 똑같이 비참해 보였다. 아버지는 어머니의 눈빛을 살피면서 기선을 제압하려 했다.

아버지가 서둘러 설명했다.

"맹세컨대 일이 그렇게 될 줄 짐작도 못했어. 그게 씻겨나가겠지?"

간청하는 말투였다.

어머니의 얼굴에 뒤늦게 영문을 알아차린 표정이 번지기 시작했다. 어머니는 더할 수 없이 무서운 눈빛으로 남편을 응시했다.

"씻겨나가다니 '뭐'가요?"

어머니가 묻자 아버지는 더 이상 피할 도리가 없었다.

"청분(옷감의 황변을 막는 세탁용 보조제 - 옮긴이)."

내가 휴가지에서 집에 돌아왔을 때 어머니가 시름에 젖어 있을 만도 했다. 사흘간 전화통에 불이 났다. 어떤 사람들은 재미

있어 했는데, 그들이 견디기 가장 힘든 부류인 것은 분명했다. 다른 이들은 사납게 굴었다. 다행히 〈새스커툰 스타 피닉스〉의 기자들이 아버지와 친구 사이였고, 그들은 기사 쓸 기회를 포기하느라 자제력을 발휘해야 했다. 그럼에도 새스키툰에서 이 일을 모르는 사람은 없었고 모왓 일가와 연파랑색 개에 대해 말하지 않는 사람이 없었다.

내가 집에 도착한 즈음 아버지가 이 사건에 대해 몹시 예민해서 아버지에게 꼬치꼬치 묻는 것은 위험했다. 하지만 난 마침내 용기를 내어 실제로 청분을 얼마나 사용했느냐고 물었다.

"극소량. 털에서 누런 기를 제거할 정도만."

아버지가 간단히 대답했다.

'극소량'이 정확히 얼마만큼인지는 모르겠다. 하지만 며칠 후 난 어머니의 부탁으로 지하실의 막힌 하수구를 청소했고, 청분 열 알의 포장지를 빼냈다. 당연히 그중 일부는 전에 사용한 청분의 포장지일 수도 있겠지만.

4

오리떼

그해 가을 아버지와 나는 서부에서 처음 맞는 사냥 시즌을 준비하기 시작했다. 나는 시즌이 시작되기 몇 주 전부터 흥분과 기대에 들떠서 괴로운 학교생활을 견디기 어려웠다. 밤이면 점점 추워졌고, 동이 트기 전에 깨서 남쪽으로 가는 기러기떼의 장엄한 소리를 들으면서 누워 있노라면 가슴이 뛰었다. 총(소형 20구경은 내 생애 첫 총이었다)은 침대 위, 내 옆에 있었다. 칠흑 같은 어둠 속에서 총을 어깨높이로 들면, 방과 천장이 사라지면서 총구가 기러기 군단을 쫓았다.

아버지는 나보다 훨씬 더 흥분했다. 저녁마다 총을 꺼내어 반들반들한 호두나무 개머리판을 세심히 닦고 탄약을 통에 넣었다 뺐다 했다. 어머니는 부아를 참는 태도로 아버지를 지켜보며 앉아 있었다. 그 인내심은 아내가 남편에게 들이미는 가공할 무기가 되기도 한다. 한편 머트는 우리의 준비에 심드렁했고, 지루해서 저녁마다 집 밖에 나가곤 했다. 머트가 총, 유인용 미끼새, 포탄, 사냥복에 무심하자 아버지는 못마땅하면서도 동시에 머트를 평가했던 자신의 안목을 확인할 수 있었다.

어느 저녁 아버지는 침울하게 말했다.

"우린 개도 없이 사냥해야 되겠구나, 팔리."

실은 어머니더러 들으라고 한 말이었고, 어머니는 미끼를 덥석 물었다.

어머니가 대꾸했다.

"말도 안 되는 소릴 하고 그래요. 머트가 있잖아요. 훈련만 시키면 된다고요."

아버지는 조소하며 콧방귀를 뀌었다.

"머트라니, 아이고! 우리에게 필요한 건 새 머리가 아니라 새 사냥개라고!"

난 머트의 머리를 무시하는 아버지에게 부아가 치밀었다.

내가 말했다.

"분명히 머트의 어딘가에 새 사냥개의 면모가 있을 거예요. 저 '깃털'을 보세요. 진짜 잉글리시 세터 같잖아요."

아버지는 내게 엄한 눈길을 던지면서 차고로 따라 나오라고 했다. 우리만의 안전한 공간에 들어서자 아버지가 문을 닫았다.

"또 엄마 편만 드는구나."

아버지는 남자끼리의 의리를 배반했음을 강조하며 말했다.

나는 사과하는 말투로 대답했다.

"꼭 편드는 건 아니고요. 엄마는 머트를 시험해봐야 된다고, 어쩌면 제법 괜찮을지 모른다고 말하신 것뿐이잖아요."

아버지는 나를 가련하게 쳐다보았다. 아버지가 설명했다.

"넌 핵심을 놓쳤어. 너도 이제 나이를 먹었으니 알아두렴. 여자들이 자기 의견이 옳은 걸 증명하게 놔둬봤자 좋을 게 없단다. 그걸 증명할 기회를 주는 것조차 득 될 게 없지."

아버지의 논리가 어리둥절했지만 나는 토를 달지 않았다. 그래서 첫 시즌에 우린 개 없이 들녘과 늪지로 나갔다. 결과적으로 제법 괜찮았다. 아버지와 나, 둘 다 사냥에 대해 아주 많이 배워야 했고, 만약 개까지 훈련시키려 했다면 모든 게 뒤죽박죽되었을 터였다.

시즌 첫날, 아버지와 나는 동이 트기 전에 깼고(사실 전날 밤 자는 둥 마는 둥 했다), 총 케이스들과 모든 준비물은 어들리의 접좌석에 이미 실린 상태여서 즉시 출발해 황량한 잠든 도시를 지나 너른 평원으로 나갔다. 새벽이 밝는 사이 바둑판같은 시골 도로들을 달렸고, 어들리가 일으킨 자욱한 먼지바람은 미등 불빛에 빨갛게 빛났다. 이따금 멧토끼가 부채꼴 모양의 전조등 불빛 속에서 팔짝팔짝 뛰거나, 달리는 작은 차를 선도하는 유령처럼 우리 옆쪽의 도랑 속에서 달려나갔다.

양쪽 들판은 오래전에 추수와 탈곡이 끝났다. 이제 그루터기만 시들시들하게 남아서, 밝아오는 여명 속에서 노인의 수염마냥 잿빛으로 보였다. 희미해서 거의 보이지 않는 철조망 울타리가 지평선까지 뻗고, 세상 끝에 있는 보이지 않는 마을들에 있는 곡물창고의 윤곽선만 불거졌다. 가끔 지나치는 포플러 숲은 이미 잎이 져서 누런 낙엽 더미가 수북했다. 드물게도 농가 한 채가 있었다. 측면이 길쭉한 건물은 먼지와 겨울바람에 시달린 모습이었다.

을씨년스러운 풍경이었을 테지만, 질서정연한 동부에서 사는 이들은 이해하지 못할 해방감과 무한한 자유를 내 안에 환기시켰다. 어떤 추함도 보이지 않았고 황폐한 느낌도 없었다. 지평선에 태양이 떠오르자 굴레를 벗어던진 불꽃 속에서 아지랑이 같은 먼지구름이 확 타오르는 광경을 우리는 들뜬 기분으로 지켜보았다.

그 새벽 이후 대평원의 일출을 여러 번 봤지만 그날의 풍경을 다시 보고 싶은 마음이 늘 남아 있다.

마침내 동쪽으로 방향을 바꾸어서 해를 마주 보고 달렸다. 작은 어들리는 달리는 바퀴 밑으로 먼지를 뿌려댔고 이제 아침이었다. 내 인내심이 한계에 달했다.

"어디서 새를 찾아요?"

내가 물었다.

아버지는 내 질문을 의도적으로 무심히 받아들였다. 아버지는 거의 1년간 고지대 사냥 지식을 섭렵했다. 관련 서적을 많이 읽고 노련한 사냥꾼 수십 명과 대화하면서, 이미 전문가 반열에 들었다고 자부했다.

아버지가 설명했다.

"어떤 새를 쫓느냐에 따라 다르지. 뇌조 시즌은 아직 시작되지 않았고, 우린 헝가리를 찾는 중인데……."

아버지는 초원뇌조와 헝가리자고새를 익숙하게 약어로 지칭하며 말을 이어갔다.

"……헝가리들은 새벽녘에 자갈 구덩이에 나오길 좋아하거든. 이제 언제라도 보게 될 거야."

나는 이 말을 곱씹어보았다.

"이 도로에는 자갈이 없는데요."

내가 말했다. 설득력 있는 주장 같았다.

"당연히 자갈은 없지. 자갈 구덩이라는 건 그냥 표현이야. '이' 경우 먼지 세례를 받는다는 의미지. 이제 눈여겨 살피고 말을 너무 많이 하지 말아라."

더 고심할 시간이 없었다. 잠시 후 아버지가 브레이크를 꾹 밟자 어들리가 끼익 소리를 내면서 정지했다.

아버지가 날카롭게 속삭였다.

"저기 있다! 넌 차 근처에 있어라. 내가 살그머니 도랑으로 가서 새들을 네가 있는 도로 쪽으로 몰 테니까."

이제 빛이 환했지만, 아무리 쳐다봐도 40미터쯤 앞에서 뿌연 형체 몇 개가 도로변 도랑으로 들어가는 것 외에는 보이지 않았다. 그럼에도 총을 장전하고 흥분에 휩싸여 차에서 내려 앞쪽 흙받기 옆에 쭈그려 앉았다. 아버지는 이미 한 팔로 엽총을 안고 도랑을 올라가기 시작했고, 얼굴이 메마른 풀숲에 거의 묻혔다. 아버지가 곧 시야에서 사라졌고, 한동안 풍경 속에서 아무 움직임도 없었다. 울타리 기둥 부근에서 땅다람쥐 한 마리만 고개를 들고 놀리듯 휘파람을 불었다.

난 아버지가 너무 시간을 끈다고 생각하면서도 아버지가 처음으로 수송나물과 씨름 중인 걸 몰랐다. 말라 죽은 가시 많은 수송나물이 가을마다 평원에서 수 킬로미터나 굴러다니면서 울타리 뒤나 도로변의 깊은 도랑에 빼곡히 쌓인다. 그해는 수송나물이 대풍년이어서 아버지가 지나간 도랑은 수송나물 더미로 막혔다.

아버지는 몹시 고생스러워도 계속 앞으로 나아갔다. 아버지가 도랑에서 불쑥 튀어나오면서 날아오르는 새떼에 총을 겨누었고 우연히 양쪽 탄구에서 동시에 발사되었다. 아버지는 즉시 다시 사라졌다. 12구경 엽총의 이중 반동은 턱에 강타를 맞은 것만큼이나 지독하다.

아버지가 예측했듯이 헝가리자고새들이 곧장 도로로 내려와 내게로 날아들었다. 나는 흥분한 나머지 안전장치를 푸는 걸 잊었지만 그건 중요하지 않았다. 새들이 머리 위로 날아갈 때, 난 전에 본 적이 있는 들종다리떼인 걸 알았다.

한참 후 아버지가 차로 돌아왔고 우린 계속 달렸다. 아버지는 한 손으로 운전대를 돌리고 다른 손으로 얼굴에 붙은 수송나물을 뜯어냈다. 나는 아무 말도 하지 않았다. 침묵이 더 안전하다고 본능적으로 느꼈다.

그럼에도 첫 사냥은 성과가 아주 없지 않았다. 저녁이 되면서 새떼를 만났고 아버지는 30미터 거리에서 멋진 교차사격으로 두 마리를 잡았다. 우린 의기양양한 사냥꾼이 되어 집으로 차를 몰았다. 집 앞에 차를 세우고 짐을 내릴 때, 이웃 사람이 다가오자 아버지는 칭찬을 받으려고 으스대며 새 한 쌍을 들어 보였다.

오랜 세월 사냥을 한 이웃은 놀랐다. 그는 달리다시피 차로 와서 아버지의 손에서 새들을 낚아채며 중얼댔다.

"아이고, 모왓. 이놈의 새들을 얼른 숨겨요! 초원뇌조는 1주일은 더 지나야 사냥 시즌이 시작되는 걸 몰라요?"

그 첫가을 아버지와 나는 많이 배웠다. 헝가리자고새가 가장 교활한 새라는 점도 배웠다. 날 때는 총알같이 빠르고, 땅의 촘촘한 덤불 사이를 달릴 때는 영양의 속도를 낸다. 우린 웃자란 늪지 풀숲에서 초원뇌조들이 폭발하듯 튀어나오는 것에 익숙해졌다. 유명한 서부의 사냥꾼들이 총을 겨누는 오리는 딱

한 종류라는 사실도 알게 되었다. 머리가 초록색인 청둥오리. 그 교훈은 면허취소를 당할 위기를 겪으면서 뼈아프게 배웠다. 10월 어느 날, 폐가에서 몇십 미터 떨어진 늪지에서 청둥오리 열 마리가 태연하게 먹이를 먹고 있었다. 우리가 시즌 내내 쫓았지만 놓친 청둥오리들보다 약간 커 보였다. 그런데 그 오리들은 주인이 있었고, 더군다가 그가 수렵지구 부관리인인 줄은 까맣게 몰랐다. 아니, 어떤 사람이 가축의 가치를 그렇게 부풀려 생각할 수 있을 줄은 미처 몰랐다. 우린 곤란한 지경을 간신히 면했다. 그 청둥오리들을 잡았던들 주인에게 한도 초과로 고발당했을 것이다. 가축에도 사냥 한도 같은 게 있다면.

첫 시즌은 도움 받을 새 사냥개의 필요성을 뼈저리게 느끼게 했다. 포인터가 아니라면, 적어도 훌륭한 리트리버 정도는 있어야 했다. 자고새가 날개에 상처만 입고 영원히 달아나는 경우를 당하기 일쑤였다. 한번은 아버지가 잡은 새를 가지러 유사(사람이나 동물이 빨려 들어가는, 흐르는 모래 - 옮긴이) 구덩이에 들어갔다가 목숨을 잃을 뻔했다. 나중에 알고 보니 그 새는 이중 볏이 달린 가마우지였다. 놓친 새들에 대한 기억, 특히 유사에 대한 기억이 이듬해 내내 아버지의 마음을 짓눌렀고, 새 사냥 시즌이 다가오면서 어머니의 주장이 새로이 힘을 얻었다. 어머니는 머트에 대해 숭고한 믿음을 가졌다. 혹은 그저 고집을 굽히지 않은 거였든지.

아버지는 느릿느릿 후퇴했고 지연작전을 펼치기도 했다.

"머트가 사냥개가 아닌 건 빤한 사실이라고!"

아버지는 몇 걸음 뒤로 물러나면서 그렇게 우기곤 했다.

어머니가 맞받아쳤다.

"말도 안 되는 소리 말아요! 머트가 마음만 먹으면 뭐든 할 수 있다는 걸 당신도 잘 알면서 그래요. 두고 보라고요!"

아버지가 공개적으로 항복기를 올리지 않았다는 생각이 든다. 여러 마디로 표현하지 않았지만 다음 사냥 시즌이 가까워지자 머트에게 기회를 주기로 암암리에 합의된 듯했다. 머트는 색다른 일이 벌어진다고 의심했지만 일의 성격은 확실히 몰랐다. 어머니가 구세군에 기증하려고 모아둔(연례행사였다) 옷 더미에서 우리 부자가 소중한 낡은 사냥용 바지를 꺼내자 머트는 흥미롭게 지켜보았다. 또 우리가 총을 닦고 나무오리 미끼를 다시 칠할 때도 옆에 앉아 어리둥절한 표정을 지었다. 사냥 개시일이 다가오자 머트는 우리의 준비에 관심 비슷한 것을 보이기 시작했고, 동네 쓰레기통을 뒤지러 나가는 밤 외출까지 그만두기 시작했다. 어머니는 이 행동이 유전된 사냥 본능이 깨어난 증거라고 얼른 지적했다.

어머니가 말했다.

"머트가 마음을 정한 거라고요. 기다려봐요, 곧 알게 될 테니!"

오래 기다릴 필요가 없었다. 사냥 개시일은 토요일이었고,

전날 오후 아버지는 도서관 업무를 하다가 사귄 농부의 전화를 받았다. 대규모 청둥오리떼가 그의 들판에 나타났다고 했다. 들판은 도시에서 서쪽으로 160킬로미터쯤에 있어서 우린 금요일 밤에 출발해 들판에서 노숙하기로 했다.

해거름에 새스커툰을 떠났다. 머트는 제 발로 차에 올라타서 바깥쪽 자리를 차지하고 침울하게 잠들었다. 너무 어두워서 땅다람쥐를 볼 수 없었고, 너무 추워서 불룩한 코를 차 뒤에 생기는 바람에 들이대어 새롭고 매력적인 냄새를 맡을 수도 없었다. 그래서 머트가 요란하게 자는 사이 어들리는 흙길을 달려 별빛 쏟아지는 대평원을 지났다. 아버지와 나는 잘 필요가 없었다. 앞에서 거대한 새떼가 잠잘 준비 중임을 알았지만, 동이 트면 새들이 너른 들녘에서 날아올라 아침 마을을 가리란 것도 알았다. 새들은 근처 늪지로 날아가 목을 축이고 한참 수다를 떤 후, 탈곡하면서 땅에 떨어진 밀알을 줍는 일과를 시작할 터였다.

자정쯤 목적지에 접어들자 도로에서 빠져나와 들녘을 가로질러 건초 더미로 갔다. 거기서 늪지까지 800미터였다. 어둠과 더불어 초겨울 한기가 밀려왔고, 새벽이 되려면 한참 기다려야 했다. 내가 건초 더미의 옆구리를 파고들어 셋이 밤을 보낼 굴을 만드는 사이, 아버지는 어들리의 불빛 속에서 총을 조립했다. 아침을 맞을 모든 준비를 마치자 아버지가 내게 왔고, 우린 담요를 둘둘 말고 향긋한 볏짚 동굴의 아늑함에 빠졌다.

건초 더미의 아래쪽 틈새로 밖이 보였다. 수렵월(추분에 가까운 달인 수확월 다음 달의 만월 - 옮긴이)의 보름달이었고 어들리의 보닛에 수정처럼 맺힌 이슬이 반짝거렸다. 위쪽 어디선가, 아니면 내 마음속에서 날개를 퍼덕퍼덕하는 소리가 났다. 손을 뻗어 옆에 놓인 총의 차고 매끈한 총구를 만졌다. 그런 종류의 행복감은 그 긴 시간 이후로 느껴본 적이 없다.

머트는 그런 행복감을 공유하지 않았다. 노숙을 달가워하지 않는데다 그 추운 밤, 서리 내린 들판이나 빛나는 하늘에 즐길 거리가 없었다. 머트는 짚단 동굴의 미심쩍은 아늑함을 의심했다. 이게 덫은 아닌지 의심했겠지. 그래서 따뜻한 자동차 좌석에서 나오지 않고 거기에 남았다.

한 시간쯤 졸다가 번뜩 정신을 차리니, 근처 어디서 코요테가 추운 허공에 대고 떨리는 소리로 울었다. 코요테의 울음이 중간 지점에 닿기도 전에 머트가 쏜살처럼 건초 더미 속으로 들어와 아버지의 몸을 타넘고 내 배 위에서 떨면서 멈추었다. 나는 몸이 눌리자 신음하며 머트를 획 뿌리쳤다. 어둠 속에서 정신없이 엎치락뒤치락 소리가 났고, 아버지는 코요테의 울음에 겁먹는 '사냥개들'에 대해 신랄하게 쏘아붙였다. 머트는 대꾸하지 않았지만 짚단 지붕을 우리 머리 위로 와르르 쏟은 후 내 가슴에서 웅크리고 자는 체했다.

새벽이 되기 전에 난 다시 깜짝 놀랐다. 머트가 쥐를 찾는 바람에 짚단이 내 몸에 쏟아졌고 바깥 그루터기에서 검은방울새의 소리가 났기 때문이다. 내가 아버지의 옆구리를 찔렀고 잠에 취한 우리는 기름투성이의 부츠, 습기 먹은 옷과 씨름하기 시작했다. 중간에 머트가 있었다. 하지만 꼭두새벽에 깨기를 거부해서 결국 포근한 잠자리에서 끌어내야 했다. 머트가 어떤 사냥 유전인자를 가졌는지 몰라도 간밤에 없어져버린 듯했다. 우린 머트에게 도움 받을 가능성은 없겠다고 비관하면서, 소형 가솔린 스토브를 피워 아침식사를 준비했다.

마침내 커피를 마시고 이슬 내린 그루터기를 지나 늪지로 출발하자 머트는 마지못해 따라오기로 했다. 이유는 하나, 코요테 무리 속에 혼자 남기 싫어서였다.

아직 어두웠지만 동쪽에서 뿌연 빛이 희미하게 번졌고, 우린 늪지 가장자리에 있는 포플러 숲을 지나갔다. 땅주인 농부가 우리를 위해 만든 갈대 참호가 있었다. 사방에서 살을 에는 추위가 옷을 파고들어 덜덜 떨렸다. 우리가 웅크려 앉자 머트도 내 무릎 사이에 바싹 끼어서 떨었다. 자신과 자식과 개를 고생시키는 남자 인간들의 어리석음을 투덜댔겠지.

나는 여명을 지켜보느라 머트의 불평에 신경 쓰지 않았다. 추위만큼이나 흥분에 몸을 떨면서, 눈과 귀를 바짝 세우고 영겁의 시간이 지나기를 기다렸다. 그때 여름 천둥이 치듯 새벽이 펼쳐졌다. 흐릿한 앙상한 나무들 사이로, 기적처럼 어두운 안개를 뚫고 나온 생동적인 은빛 늪지가 보였다. 빛나는 표면에 느릿하게 움직이는 청록색 날개들이 물결쳤고, 그 광경을 보니 가슴이 쿵쿵 뛰었다. 장갑 낀 손으로 목줄을 단단히 잡으니 머트가 몸부림을 쳤다. 힐끗 개를 내려다보니, 불만스러워 샐쭉했던 태도에서 어리둥절해도 확실히 관심을 가진 태도로 변해서 놀랐다. 내가 느끼는 감정이 전해졌거나, 머트의 유전자에 대한 어머니의 장담이 맞았다. 그 생각을 계속할 여유는 없었다. 청둥오리들이 날아들고 있었다.

처음에는 소리가 들렸다. 나직이 멀리서 들리면서 진동이 느껴졌지만 곧 깊은 소리가 점점 커져서 마치 허공의 방어막을 뚫고 무수한 총알 파편이 우리에게 쏟아지는 것 같았다. 아버지의 탄성이 들렸고, 참호 끄트머리 너머로 보니 누런 하늘이 살아있는 구름을 뒤집어쓴 것처럼 어두워졌다. 그 순간 무수한 날개가 우리를 감쌌고, 으르렁거리는 대양의 파도가 바다 동굴을 때리며 밀려드는 소리가 들렸다.

경이감에 휩싸여 고개를 드니 믿기 힘든 광경이 펼쳐졌고, 아버지가 다급하게 속삭이는 소리가 들렸다.

"새들이 적어도 한 번은 원을 그리며 돌 거야. 밀려들기 시작하기 전에 총을 쏘면 안 돼."

이제 하늘 전체가 청둥오리 날개로 뒤덮였다. 5,000, 아니 1만 마리가 몰려가면 소리가 잦아들다가 점점 커지면서 오리떼가 다시 몰려왔고 그 순간은 거의 즉시에 다가왔다. 나는 엽총의 안전장치를 풀기 위해 머트의 목줄을 놓았다.

머트는 제정신이 아니었다.

아무튼 그 외에 달리 완화해서 표현할 도리가 없다. 머트는 앉아 있다 뛰쳐나가 곧장 참호를 훌쩍 뛰어넘더니, 다시 땅바닥에 내려서자 내달렸다. 전에 본 적 없고 다시 보지 못할 속도였다. 그리고 소리를 냈다. 신경질적으로 으르렁대며 짖었고, 개 스무 마리쯤 될 법한 모습과 소리를 뿜어냈다.

이제 아버지와 나는 급격히 줄어든 새떼를 향해 발사했지만 그것은 제스처에 불과했다. 솟구치는 흥분을 발산하려는 것이었다. 우린 쓸모없는 총을 내려놓고 우리의 새 사냥개에게 험한 말을 쏟아냈다.

공연히 악쓸 필요가 없었건만. 머트가 고함을 못 들었을 테니. 머트는 반짝이는 들판으로 달려가 공중으로 솟구칠 기세였고, 겁먹은 새들이 높이 날아올라 개에게 그림자를 드리웠다. 머트는 무한히 멀어지면서 꾸준히 작아지다가 사라졌고 세상이 고요해졌다.

아버지와 내가 참호에 기대앉아 대화했다 한들 아무 소용이 없었을 것이다. 우린 입다물고 있었다. 그저 기다렸다. 해가 높이 붉게 떠올라 빛이 점점 밝아졌고, 이날 아침 오리떼가 더 이상 오지 않을 게 확실해졌다. 우린 차로 돌아가 커피를 내렸다.

그러고 나서 기다렸다.

머트는 두 시간 후에야 돌아왔다. 워낙 조심스럽게 와서(울타리들의 구석까지 돌아서) 차에서 50미터 떨어진 곳에 왔을 때에야 내 눈에 들어왔다. 머트는 처량한 꼴이었다. 늘어진 꼬리부터 축 처진 귀까지 온몸이 낙심 자체였다. 청둥오리를 한 마리도 잡지 못했음이 분명했다.

머트와 나선 첫 사냥이 아버지에게는 달곰쌉쌀한 경험이었다. 우리가 오리를 놓친 것은 사실이지만, 그 결과 아버지는 어머니에게서 주도권을 되찾을 것 같았다. 이 첫 번째 접전의 승기는 아버지 쪽으로 기울었다. 하지만 아버지가 편안히 승리를 즐길 처지는 아니었다. 결과적으로 머트는 새 잡는 개가 아니며 그렇게 되지 않으리란 걸 보여주었던 한편으로 우리는 사냥 시즌 첫 주 동안 새를 한 마리도 잡지 못했으니까.

머트가 첫 시도의 실패로 속 쓰려 하면서도 아버지와 나를 기쁘게 해주려고 열심히 애쓴 건 사실이지만, 우리가 가을 평원에 나가는 진짜 목적을 파악하는 건 불가능한 듯했다.

두 번째 사냥에 나섰을 때 머트는 우리가 땅다람쥐를 쫓아야 한다고 결정하고, 종일 부지런히 땅을 깊이 팠다. 코에 먼지가 많이 들어가 천식에 걸렸을 뿐 고생한 보람이 전혀 없었다.

세 번째로 나간 날 머트는 우리가 젖소를 사냥한다고 결론지었다. 오래도록 기억에 남을 날이었다. 머트는 거의 발광하듯 젖소를 쫓아다니는 데 몰두했다. 몇 시간 동안 헌신적인 개가 되었다. 끔찍한 날이었지만 아버지에게는 보상이 있었다. 그날 밤 지치고 먼지투성이가 되어 (새 한 마리 못 잡고) 집에 돌아가자 아버지는 회심의 미소를 지으면서 어머니에게 보고할 수 있었다. 어머니의 '사냥개'가 어느 두호보르 가족 소유의 젖소 마흔세 마리, 황소 두 마리, 거세한 수소 일흔두 마리, 늙은 암소 한 마리를 물고 오려 했다고.

아버지는 머트의 첫인상이 확실히 맞았다고 판단한 모양이었다. 그런데 아버지는 어머니가 그날의 상황을 침착하게 듣는 태도가 이상하다는 걸 간파했어야 했다.

어머니가 상황을 손바닥 뒤집듯 역전시키는 광경에 난 숨이 멎었다. 아버지는 아연실색한 나머지 아예 말문이 막혔다.

어머니는 남편에게 태연하게 미소 지었다.

그리고 말했다.

"어머나, 우리 머트 좀 봐. 요즘 쇠고기 값이 얼마나 비싼지 아는구나."

5

머트의 청둥오리 늪

시즌 첫 주의 대실패 이후 나는 머트가 사냥에서 빠지리라 예상했다. 합리적인 예상 같았다. 우리 집에서 합리가 다른 세상 애기일 때가 가끔 있긴 했지만. 결과적으로 어느 아침 우리 집의 성 대결에서 공수가 완전히 바뀐 걸 보고 난 무척 놀랐다. 아침 식탁에서 어머니는 머트가 너무 똑똑해서 새 사냥 따위에 시간을 낭비하지 않는다는 새로운 주장을 상세히 전개했다. 그러자 아버지가 놀라운 발언을 했다. 자신이 어떤 개든 무슨 일이든 하도록 훈련시킬 수 있고, 머트가 '서부 최고의 대단한 새 사냥개'가 될 수도 있으며 또 될 거라지 뭔가! 나는 아버지가 평소보다 경솔하다고 느꼈지만 아버지의 생각은 달랐고, 시즌이 끝날 때까지 우리가 사냥하러 갈 때마다 머트가 동행했다. 그리고 머트와 아버지는 서로 씨름하면서 전전긍긍했고, 때로 그 정도가 심했다.

젖소를 쫓는 재미를 발견한 머트가 새보다 소를 훨씬 좋아하는 게 문제였다. 머트의 관심을 소 쫓기에서 엽조에게로 돌릴 가망성은 전무한 듯했다. 하지만 아버지가 워낙 단호하게 밀고 나가서, 시즌 마감 무렵에는 얼핏 성공 가능성이 보이기 시작했다. 드물게 머트가 새를 잡게 해주면, 우린 죽은 새를 머트의 입에 물리거나 앨버트로스처럼 목에 걸어서 차까지 끌고 오게 했다. 머트는 이 일을 몹시 질색했다. 고지대 엽조의 털 때문에 재채기가 나고 오리털의 느끼한 맛이 가벼운 구토를 일으키기 때문이었다. 결국 자발적으로 죽은 헝가리자고새를 집어 오도록 머트를 설득하긴 했지만 이유는 단 하나였다. 아버지가 말을 듣지 않으면 이날 더 이상 소를 쫓지 못한다고 머트에게 확실히 알려주어서였다. 결국 10월 초 어느 날 머트는 지시받지 않고도 죽은 자고새를 물고 비틀비틀 돌아왔다. 아마 소가 보이지 않는 데다 지루해서 새를 찾아 가져왔을 것이다. 그 최초의 사냥감 가져오기는 완전한 성공은 아니었다. 머트의 입이 개 애호가들이 '온순한 입'이라고 부르는 입이 아니어서였다. 가져온 자고새는 고작 피 묻은 깃털 한 줌만 남았다. 그래도 우린 불평할 수 없었다.

우리는 무척 낙관하면서 이 사건을 희망적인 신호로 받아들이고 두 배로 노력했다. 하지만 머트는 계속 주로 젖소를 쫓아

다녔고, 사냥 시즌의 마지막 주가 되어서야 양상이 변하기 시작했다.

아버지는 도서 배포 계획을 마련해 실행한 덕에 지역 전체에 특이한 지인이 많았다. 다양한 지인들 중 한 명은 폴 사잘리스키라는 우크라이나 이민자였다. 폴은 새스커툰 동쪽의 '미들 레이크'라는 거대한 늪지의 가장자리에서 두 구역을 소유했다. 사냥 시즌의 마지막 주 목요일, 폴은 아버지에게 전화해서 엄청난 캐나다기러기떼가 호수에 몰려 있다고 알려주었다. 그는 와서 행운을 얻을지 보라고 우리를 초대했다.

몹시 추운 여정이었다. 벌써 대지에 눈이 쌓이고 북풍이 얼마나 매서운지 머트는 소떼를 한 번도 쫓지 않았다. 머트는 자동차 히터 위쪽 바닥에 웅크리고 앉아 뜨거운 바람과 일산화탄소를 들이마셨다.

초저녁에 미들 레이크에 도착하니, 이보다 을씨년스런 황무지는 없을 것 같았다. 텅 빈 잿빛 공간에 나무 한 그루가 없었다. 도로는 얼어붙은 진흙길로 변했고, 아무 희망도 없이 달 표면 위를 구불구불 도는 것 같았다. 폴의 농가를 찾기까지 괴로운 긴 시간을 보냈다.

마침내 폴의 집을 찾고 보니, 흰 평원 위에 사마귀처럼 걸터앉은 진흙 바른 오두막이었다. 방이 고작 두 칸이고 각각 작은 창이 나 있었다. 그리고 거기서 폴과 아내, 폴의 부모, 일곱 자녀, 돼지 농사를 도와주러 온 친척 두 명이 살았다. 돼지가 농장의 주인공임이 곧 밝혀졌다. 사방에 돼지 냄새가 진동했다. 내가 보기에는 유난히 역한 악취였다. 보통 돼지 냄새보다 훨씬 심했다. 하지만 기억에 남을 독한 악취가 나는 까닭이 있었다.

캐나다의 공짜 땅에 유혹되어 중부 유럽에서 이주한 이민자답게 폴은 약삭빠르고 멀리 내다보는 사람이었다. 미들 레이크 연안에 자작농장을 분양받자 그는 쓸 만한 천연자원을 면밀히 조사했다. 곧 미들 레이크의 주요 하구 두 곳을 연결하는 좁은 수로가 그의 부지를 지나가고, 거기에 빨대잉어가 아주 많다는 걸 알았다. 이렇게 살이 무른 물고기는 시장에서 거래되지 않아 잡지 않고 버려두었고 그러다가 폴이 온 것이었다. 그는 고기떼를 보고 영감을 얻었다. 물고기는 원래 상태로 시장에서 팔지 못하더라도 생선살을 쓸 만한 상품(돼지고기 같은)으로 바꾸면 잘 팔릴 것 같았다.

그가 양돈을 대대적으로 시작하자 밀 농사를 짓는 이웃들은 깜짝 놀랐다. 돼지들은 이 순수한 단백질 사료를 먹고 엄청나게 성장해서, 시장에 내놓을 무게에 이르는 기간이 옥수수로 키우는 돼지의 3분의 2에 불과했다. 방치해도 잘 자랐고 새끼들은 생선을 아주 좋아했다.

폴은 지역에서 기이한 인물이었다. 이웃들은 물고기에 대해 전혀 몰랐고, 폴이 함구한 이유는 두 가지였다. 우선 좋은 것을 멍청한 이웃들과 나누고 싶지 않았다. 다음으로 그는 우크라이나에서 물고기 사료로 키운 돼지를 가끔 먹어보았고, 이 경험 때문에 돼지를 위니펙까지 실어 보내기로 결정했다. 지역 시장에 파는 게 더 수월했지만 기꺼이 추가 운송료를 지불했다. 지역 주민들은 바보 같은 짓으로 여겼지만 폴은 위니펙을 선택한 이유를 설명할 필요를 느끼지 않았다. 대도시로 보내면, 푸줏간 주인들이 대구 간 기름으로 훈제한 맛을 내는 햄이나 베이컨의 원산지를 추적할 수 없다는 게 이유였다.

나중에 폴은 서부에서 힘있고 존경받는 인사가 되었다. 걸출한 인물이 될 자질을 갖춘 사람이었다.

우리와 알던 시기는 양돈의 초창기여서 그는 손님을 대접할 준비를 제대로 갖추지 못했다. 그런데도 어들리가 문간에 다가가자 그는 우리를 가족의 품으로 맞아주었다.

아버지와 나를 가족의 품속으로 맞아주었다는 뜻이다. 머트는 그런 대접을 거부했다. 오두막 주변의 질펀한 공기를 킁킁대며 못마땅한 내색을 감추지 않았고, 처음에는 차에서 내리지도 않으려 했다. 좌석에 앉아 콧물을 흘리면서 자주 '치!'라고 말했다. 겨울 공기와 함께 까만 어둠이 깔리고 코요테 울음이 들리자 그제야 머트는 오두막 문을 긁어댔다.

폴의 가족 대부분처럼 우리 셋은 바닥에서 잤다. 집에 침대가 하나밖에 없었다. 아래쪽 공기에 산소가 더 많아서 바닥 잠자리에 장점도 있었다. 공기가 답답한데 창문을 열지 못했고 밑으로 들어온 신선한 공기는 이름 없는 기체에 휩쓸려 사라졌다. 숨을 쉬기가 너무 힘들었고 밤새도록 난로가 활활 타서 땀이 줄줄 흘렀다.

아버지와 내겐 힘든 경험이었다. 머트에게는 끔찍한 지옥이었고. 개는 헐떡이며 바닥에서 몸부림치면서 편안한 자세를 찾으려 했지만 허사였다. 결국 내 겨드랑이에 코를 박고 질식할 것 같은 상황을 받아들였다.

머트는 평생 딱 한 번, 새벽에 깨는 것을 반겼다. 새벽 4시, 사잘리스키 부인이 아침식사를 조리할 포플러나무 조각을 가지러 가려고 문을 열었다. 그러자 머트는 끙끙 소리를 내면서 방에서 뒤뚱뒤뚱 나왔다. 한 시간 후 폴이 우리를 질척거리는 호숫가로 안내했을 때도 머트는 완전히 회복하지 못했다. 우리는 낮은 진흙탕인 갑岬(바다 쪽으로, 부리 모양으로 뾰족하게 뻗은 육지 - 옮긴이)을 따라 걸었다.

갑의 끝에 폴이 우리를 위해 미리 파놓은 구덩이 두 개가 있었다. 구덩이에 물이 차서 살짝 언 상태였다. 진흙은 뻣뻣하고 차디찼다. 칼날 같은 북서풍이 불었고, 아직 너무 어두워서 보이지는 않지만 얼굴에 들이닥치는 눈발이 느껴졌다.

폴은 뒤에서 날아드는 새떼를 주시하라고 중얼댄 후 돌아갔고, 우리 셋은 자리를 잡고 동이 트기를 기다렸다.

돌이켜보면 그렇게 추운 기억은 다시없다. 처음으로 기러기에 총을 쏘기를 기다리는 흥분감도 무감각한 손끝까지 피를 돌게 만들지 못했다. 머트로 말하자면 곧 모든 감정을 잃었다. 우린 머트가 깔고 누울 부대 자루를 찾았지만 그다지 도움이 되지 않았다. 머트는 극도로 떨기 시작하더니 코를 킁킁댔고 결국 이빨을 딱딱 부딪치기 시작했다. 아버지와 나는 개가 이빨을 부딪치는 소리를 처음 들어서 깜짝 놀랐다. 그런 일이 가능할 줄은 꿈에도 몰랐다. 아무튼 끝나지 않는 기다림 속에서 머트의 이빨 부딪치는 소리가 자갈이 쏟아지는 소리처럼 울렸다. 머트는 추운 나머지 더 이상 불평도 못했고, 우린 이걸 나쁜 신호로 받아들였다. 머트가 불평도 못할 때는 최후의 극단이 가까워졌다는 신호였으니까.

마침내 동이 트면서 우중충한 잿빛 새벽이 열렸다. 하늘에서 빛이 보이지 않아서 아침이 밝는 기운이 감지되지 않았다. 아버지와 내가 바람에 밀려가는 수면을 주시하는데 불쑥 날갯짓 소리가 들렸다. 추위 따위는 잊혔다. 우리는 물이 흥건한 구덩이에 쭈그려 앉아 장갑 속에서 언 손가락을 움직였다.

아버지가 먼저 새떼를 봤다. 아버지가 옆구리를 찌르자 나는 반쯤 고개를 돌리다가 비할 데 없을 정도로 장엄한 광경을 보았다. 잿빛 폭풍우 구름 속에서 유령선처럼 휘휘 소리를 내는 고니(기러기목 오리과에 속하는 철새 - 옮긴이) 100마리가 우리 머리 위에서 묵직한 날개를 퍼덕였다. 고니떼가 바로 머리 위를 지나서 총을 쏠 수도 없는데다가 (이루) 형언 못할 웅장함과 신비 속에서 우린 시공 개념을 상실했다. 그렇게 고니떼가 가버리자 소용돌이치는 눈발이 다시 시야를 가렸다.

만일 그 후 종일토록 살아 있는 거라곤 구경도 못했더라도, 총을 한 발도 못 쐈더라도 그리 문제되지 않았을 것이다. 하지만 고니떼는 다양한 새떼의 서막을 열었을 뿐이었다. 진흙 구덩이 안, 바람 부는 적막 속으로 끝나지 않을 것처럼 기러기 울음이 메아리쳤다. 기러기떼가 머리 위에 유령처럼 떠 있었다. 그날 이들은 낮게 날아서 우리는 똑똑히 볼 수 있었다. 가슴팍이 아찔하게 하얗고 날개 끝이 새까만 흰 기러기가 갑을 지났고, 작은 무리의 기러기들은 선도하듯 대형을 유지했다. 다른 기러기들이 바싹 뒤따랐고, 바람 소리를 뚫고 칼깃(날개의 끝부분 - 옮긴이) 사이로 공기가 움직이는 날카로운 소리가 들리자 아버지와 나는 일어나서 총을 들었다. 기러기떼가 머리 위로 낮게 날자 우린 한 몸처럼 방아쇠를 당겼다. 총소리가 힘없이 나면서 곧 강한 바람과 물소리 속으로 흩어졌다.

새 한 마리가 맞은 것은 순전히 우연이었다. 나중에 서로 인정했다시피 둘 다 장엄한 잿빛 존재를 겨냥한 게 아니었으니. 그럼에도 한 마리가 맞았고, 뿌연 빛으로 보니 태고의 모습을 한 커다란 새가 나선형을 그리면서 뚝 떨어졌다. 새가 물가에서

100미터 못 미치는 곳에 떨어지자 우린 낙심했다. 날개에만 총을 맞아서 새가 곧장 목을 꼿꼿이 들고 사라진 무리를 쫓아 헤엄쳤기 때문이었다.

우리는 물가로 달려갔고 제정신이 아니었다. 기러기를 놓칠까 안달도 났지만, 큰 새가 얼음장 속에서 천천히 죽어가도록 놔둘 수가 없어서였다. 우리에게는 배가 없었다. 폴은 날이 밝은 후에 작은 통나무배를 갖고 돌아오겠다고 약속했지만 그가 오는 기미는 없었다. 이제 기러기는 힘차게 헤엄쳐서 우리 시야를 벗어나고 있었다.

아버지와 나는 머트를 잊고 있었다. 그래서 갑자기 옆에 머트가 나타나자 우린 화들짝 놀랐다. 머트는 사라지는 새를 힐끗 쳐다보더니 차디찬 물속으로 뛰어들었다.

무엇이 머트를 부추겼는지 오늘까지도 모르겠다. 기러기가 아주 커서 보통 오리보다 노력을 기울여볼 만하다고 생각했을까? 그저 너무 춥고 괴로워서 죽고 싶어 물에 뛰어들었나? 하지만 둘 다 아닐 것 같다. 어머니가 옳았다는 생각이 든다. 머트의 혈통 어딘가에 있던 오래전의 기억이 마침내 살아났을 것이다.

눈발이 점점 거세지고 머트와 기러기는 곧 우리 시야에서 사라졌다. 기다리는 몇 분이 영겁 같았고, 그래도 머트가 다시 나타나지 않자 몹시 걱정됐다. 우리가 고함쳤지만, 머트는 바람 속에서 들었는지 못 들었는지 아무 응답도 하지 않았다. 결국 아버지가 폴과 배를 찾으러 진흙탕인 갑을 달려가자 나는 혼자 남아 점점 내 개와 영영 이별이라고 믿게 되었다.

몇 분 후 낮게 깔린 구름 속에서 나오는 머트를 보자 나는 안도감에 짓눌릴 뻔했다. 머트는 힘껏 헤엄쳤지만 바람과 물결에 밀려 한참 지나서야 똑똑히 보였다. 머트는 기러기의 한쪽 날개를 단단히 물었지만 기러기가 거칠게 저항했다. 머트가 새를 물가로 끌고 오는 데 성공하지 못할 것 같았고, 난 눈앞에서 머트가 익사할 거라고 믿었다. 머트는 여러 번 물속으로 자맥질했지만 매번 물 밖으로 나올 때면 기러기를 물고 있었다. 기러기가 다치지 않은 날개로 머트의 얼굴을 난타했고, 개의 머리를 딛고 펄쩍 뛰어 날아오르려 했다. 또 물속으로 뛰어들려고도 했지만 머트는 계속 버텼다.

물가까지 아직 6미터쯤 남았을 때, 난 머트의 고생을 더 두고 볼 수가 없어서 물속으로 들어가 엉덩이 깊이까지 갔다. 머트는 나를 보고 다가왔다. 손이 닿을 거리가 되자 나는 머트에게서 기러기를 넘겨받았고, 새를 가누기가 예상대로 힘겨운 걸 곧 알았다. 새를 물가로 끌고 가는 게 할 수 있는 최선이었고, 그 과정에서 날개에 맞아 생긴 타박상이 여러 날이 지나도록 가시지 않았다.

얼마 후 폴과 아버지가 작은 배를 타고 물가에 도착했다. 그들이 서둘러 다가왔고 폴은 서서 머트를 내려다보았다. 이제 머트는 내 사냥 코트를 덮고 있었다. 나는 기러기 위에 앉아 제압하느라 안간힘을 썼다.

폴이 감탄한 목소리로 말했다.

"아이고! 이럴 수가! 큰 회색 기러기를 쐈네요! 저 개녀석이 새를 끌고 온 건가? 세상에나! 믿기지 않네!"

머트는 코트 아래서 씰룩대며 한쪽 눈을 떴다. 생기를 되찾고 있었다. 머트를 죽음의 문턱에서 끌어낼 수 있는 게 하나 있다면 진솔한 칭찬이었다. 폴의 놀람을 머트는 최고의 칭찬으로 받아들였을 것이다.

우리는 개를 오두막으로 데려왔고, 사잘리스키 부인은 사연을 듣자 영웅 대접을 해주었다. 머트를 빨갛게 달아오른 난로 옆에 앉히고 김이 나는 굴라시(쇠고기, 양파, 파프리카가 든 헝가리식 스튜나 수프 - 옮긴이)를 엄청나게 많이 먹였다. 열기와 과식이 더해져서 머트가 마구 트림을 하자 그제야 안주인은 접시에 음식을 더 퍼담지 않았다.

그때도, 나중에 집에 돌아와서도 우린 머트를 높이 평가했다. 전에 들어본 적 없는 찬사였고 머트는 그게 퍽 맘에 들었다. 당시 우린 예상하지 못했지만, 이듬해 사냥 시즌이 되자 젖소도, 땅다람쥐도, 심지어 고양이도 (적어도 사냥 기간 동안은) 머트의 애호 목록에서 빠졌음이 드러났다.

머트가 새 사냥개가 되겠다고 마음먹자 '훈련시키는' 문제는 없어졌다. 훈련시키려 했다면 전적으로 불필요한 짓이었을 것이다. 만약 훈련 과정이 있었다면 훈련받는 쪽은 아버지와 나였다. 머트가 곧 숨은 재주를 입이 벌어질 만치 과시했기 때문이다. 완전히 특이한 방식이었지만 새로이 사냥개로서 뛰어난 실력을 보였음은 의심의 여지가 없다.

이듬해, 오리 시즌의 개시일에 이 새로운 머트의 진면목이 확실해졌다.

우연하게도 우린 머트가 첫 사냥에 나서서 체면을 구긴 늪지를 다시 찾았다. 당시 아직 이름이 없던 늪지는 이제 서부 전역의 사냥꾼들에게 '말라드-풀-머트(머트의 청둥오리 늪)'라는 지명으로 유명하다. 그런 이름이 붙게 된 경위는 이렇다.

이번에는 노숙하지 않고 집에서 차를 몰고 떠나 시간에 맞춰 도착했다. 얼른 은신처로 들어가니 날이 밝았다. 우린 머트에게 목줄을 매주었다. 미들 레이크에서 공을 세웠지만 처음 늪지에 왔을 때의 기억을 떨칠 수가 없었다. 우린 이번에 머트가 만회하리라 희망을 품었지만 그래도 조심했다. 또 머트가 비명을 질러서 오리들을 쫓지 않도록 입마개를 씌우라는 조언에 따를지도 고민했다. 하지만 머트가 그 굴욕을 감당하지 못할 것 같아서 소리 지를 위험을 감수했다.

다른 날 새벽이었지만 2년 전과 똑같이 날이 밝았다. 또다시 붉게 타는 아침해가 말끔한 거울 같은 웅덩이에 쏟아졌고, 또다시 오리 한 쌍(이번에는 고방오리)이 물가의 키 큰 갈대 속에서 잠을 덜 깬 듯 첨벙댔다. 늪지의 가장자리에서 잿빛 안개에 실려 똑같이 톡 쏘는 소금과 흑니토 냄새(코보다는 혀로 느껴지는 냄새)가 우리에게 올라왔다. 아침 비행을 기다리려니 이전과 똑같은 팽팽한 긴장감이 밀려들었다.

새들의 비행 역시 지난번과 같았고, 아마 이 늪지가 생긴 이래로 늘 똑같았을 것이다. 이제 어렴풋이 밝아오는 북녘 하늘에서 새들이 다가오는 소리가 바람 소리처럼 메아리쳤다.

우리는 은신처에 웅크리고 앉았고 난 경고조로 머트의 목줄을 단단히 쥐었다. 다시 한 번 개의 떨림이 손끝에 전해졌고, 머트가 목구멍 깊이 이상하게 낑낑대는 게 감지되었다. 하지만 내 관심은 다가오는 새떼에 쏠렸다.

새들이 크게 '휘익' 하면서 몰려왔고 선도하는 무리가 발을 내밀자 소택지의 잔잔한 수면이 마구 흩어졌다. 얼마나 큰 무리인지 늪지가 작아서 다 들어가지도 못할 것 같았다. 그런데도 계속 날아들었다.

이번에는 섣부른 일제사격은 없었다. 이제 우린 신출내기가 아니었고 머트도 줄을 맨 채 가만히 있었다. 다 함께 일어났고, 허리케인 같은 광적인 뻣뻣한 날갯짓 속에서 총소리가 멀리서 천둥 치듯 울려 퍼졌다. 1분도 안 되어 모든 게 끝났다. 우리 위쪽의 하늘이 비었고 다시 적막이 감돌았다. 늪에 오리 여덟 마리가 남았고 그중 다섯은 수컷 청둥오리였다.

우리가 은신처에서 나오자 머트는 내가 쥔 목줄을 마구 당겼다.

아버지가 말했다.

"가게 해줘라. 이제 전혀 일을 망치지 못할 거야. 머트가 어떻게 하는지 보자꾸나."

목줄을 놓았다. 머트는 늪 가장자리의 흑니토와 사초 사이를 캥거루처럼 흉하게 뛰어 지나갔다. 마지막 점프를 해서 깊은 물로 들어가자 구식 외륜선처럼 휘저으면서 나아가기 시작했다. 머트의 눈빛은 야성적이면서 거의 광적이었고, 달려드는 물소에게나 어울리는 맹렬한 단호함을 보였다.

아버지와 나는 서로 쳐다보다가 멍하고 놀라서 머트를 보았다. 하지만 머트가 죽은 오리에 다가가 날개 끝을 입에 물고 물가로 향하기 시작하자 우린 리트리버(사냥감을 물어오는 개)를 키웠음을 알았다.

물론 이때까지 머트가 한 일은 괜찮은 새 사냥개라면 다 했을 일이었다. 하지만 이어서 일어난 일들은 머트의 독특한 비범함이 꽃필 전조임이 분명했다.

처음에는 징후가 미미했다. 첫 번째 죽은 새를 물가로 끌어냈지만 우리에게 갖다주려는 시도가 없었기 때문이다. 머트는 새를 물가에 내려놓고 즉시 다음 새를 가지러 갔다.

하지만 머트가 오리를 육지로 끌어오는 한 우린 불평할 이유가 없었다. 죽은 오리 세 마리를 가져온 후, 남은 다섯 마리를 처리하기 시작하기 전까지는 적어도 그랬다. 다섯 마리 다 버둥댔다.

그러자 머트는 난항을 겪기 시작했다. 첫 번째 부상당한 새를 끌고 헤엄쳐 오는 데 몇 분 걸렸지만, 결국 날개 끝을 이빨로 물고 물가로 끌어낼 수 있었다. 머트는 새를 흔연스럽게 내려놓고 곧장 다시 물로 뛰어들었다. 새도 금방 똑같이 했다. 머트는 늪지 가운데에 있는 새들에게 신경 쓰느라 그 새가 다시 물로 들어간 줄 몰랐다.

늪지가 넓은데다 가장자리는 몹시 물컹대고 위험했다. 머트가 다친 새들을 끌고 왔을 때, 우리가 처리하려 했어도 성공하지 못했을 것이다. 다친 새들을 고통에서 놓여나게 해주고 싶었지만 그럴 수가 없었다. 새들이 사정거리 밖에 있었다. 모든 게 머트에게 달려 있었다.

원래의 오리 여덟 마리 외에 열다섯 마리나 끌어낼 즈음, 머트는 점점 짜증나기 시작했다. 첫 열정은 사라졌지만 머리가 작동하기 시작했다. 다음에 끌려온 오리도 앞서 오리들이 했던 대로 개가 등을 돌리자마자 늪지로 들어갔다. 이번에 머트는 계속 어깨 너머를 주시했고 이제야 무슨 일을 당했는지 알아챘다.

아버지와 나는 늪의 끝에서 머트가 최악의 상태임을 파악하고 어떻게 대응하는지 지켜보았다. 개는 늪 중간까지 걸어가더니 몸을 돌려, 조소와 부아가 섞인 표정을 지어 보였다. 마치 '도대체 왜 이러는 거야? 당신들은 다리가 없어, 엉? 나더러 이 일을 다 하라는 거야?'라고 쏘아붙이는 듯했다.

갑자기 상황이 너무 재미있어서 우린 웃기 시작했다. 머트는 같이 비웃음을 사는 건 즐기지만 혼자 비웃음을 당하는 건 참지 못했다. 그래서 등을 쌩 돌리고 늪지 끝으로 헤엄치기 시작했다. 한순간 우린 머트가 오리들을 버리고 밖으로 나올 거라고 짐작했다. 예상이 틀렸다.

머트는 우리 쪽은 다시 눈길도 주지 않고 늪지의 저쪽 끝으로 헤엄쳐 가서 몸을 돌렸다. 그러더니 총 맞은 오리들 전부를 물가로 몰아내기 시작했다.

노련하게 물속으로 자맥질해 몰이를 피한 늙은 청둥오리 한 마리를 제외하고 모두 우리의 사정권 안에 들어왔다. 머트가 몸을 돌려서 태연하게 다시 헤엄치기 시작했다.

우리는 우리가 할 일을 했지만 비현실적인 기분에 푹 젖었다.

아버지는 경외심 가득한 말투로 내게 물었다.

"머트가 일부러 그랬을까?"

이제 머트는 남은 청둥오리에게 돌아갔다. 위풍당당한 수오리였고 어쩌면 철새 떼의 리더였다. 세월이 주는 능수능란함을 가진 새였다. 머트가 고작 둘 사이의 거리를 좁히는 것밖에 못한 걸 보면 청둥오리의 부상이 경미했을 것이다. 달려들 만큼 가까워지자 머트는 그놈을 덥석 물었지만 물만 먹었다. 수오리가 다시 물속으로 들어가버렸다.

우린 오리가 세 번이나 이런 식으로 공격을 피하는 광경을 지켜보았다. 머트는 수면에서 방향을 잃고 빙빙 돌며 헤엄쳤다.

늙은 새는 총의 사정거리를 알기에, 피할 만한 자리를 골라서 물가에서 멀찌감치 자리 잡았다. 마침내 우린 이 청둥오리를 잡을 수 없다고 결론짓고 머트를 불러들이기로 했다.

개는 점점 기운을 잃었다. 털이 계속 물을 흡수해서 점점 몸이 가라앉는 상태로 헤엄쳤고, 고작 청둥오리를 간신히 앞지를 만큼 속력이 줄었다. 그럼에도 머트는 처음에는 상냥하다가 명령조로 변한 우리의 고함을 무시했다. 저렇게 고집을 부리다 익사할까봐 걱정되기 시작했다. 아버지는 이미 사냥 재킷과 부츠를 벗고 구하러 들어갈 채비를 마쳤다. 그 순간 아연실색할 일이 벌어졌다.

머트는 50번째로 사냥감에게 달려들었다. 청둥오리는 기다렸고 마지막 순간에 다시 물로 자맥질해서 사라졌다.

이번에는 머트도 사라졌다.

머트가 잠기자 흙탕물이 소용돌이를 일으켰고, 그 한가운데서 허연 것이 무기력하게 앞뒤로 비틀렸다. 나는 머트의 꼬리 끄트머리를 알아보았다. 긴 깃털의 부력이 남아서 꼬리가 위로 떠올랐다.

아버지는 이미 흑니토 사이를 지나다가 내 놀란 비명을 듣고 멈추었다. 우리는 나란히 서서 지켜보면서도, 이게 현실이라는 걸 믿을 수 없었다.

머트가 다시 나타났다. 얼굴에 잡초를 길치고 눈은 무섭게 돌출된 모습이었다. 숨을 헉헉대면서 무겁게 몸부림쳤다. 하지만 앞니에 청둥오리 날개를 물고 있었다.

마침내 머트가 기진맥진해서 헐떡이며 우리 앞에 앉았을 때, 우린 겸손한 남자와 소년이 되어 참회했다. 나는 목줄을 돌돌 말아서 아버지의 시선을 느끼며 힘껏 늪에 내던졌다.

목줄은 잔잔한 말라드-폴-머트에 잔물결 하나 일으키지 않고 깊이 빠졌다.

6

머트, 족적을 남기다

　머트가 리트리버 역할에 투신하자 사냥 출정은 혼란과 혼돈이 혼재하는 도시 생활을 벗어나는 순수한 기쁨이 되었다. 난 추수가 끝나기를 애태우며 기다렸다. 그루터기가 남은 들판을 사각사각 소리 내며 밟게 되기를. 포플러 잎이 휘휘 돌며 땅에 떨어지고, 작은 늪지 주위에 서리가 내려 소금기 있는 흑니토가 단단해지기를. 남녘으로 떠나는 생기 넘치는 철새 떼를 품고, 구름 없는 하늘에서 불쑥 수정처럼 쨍하고 새벽빛이 나타나는 나날을 기다렸다.

　하지만 내가 안달하며 그런 날이 오기를 기다렸어도 머트의 기대에는 못 미쳤다. 머트는 평생의 목표를 발견한 이후, 사냥을 갈망한 나머지 시즌이 시작되기 몇 주 전부터 평소 좋아하던 일들에 시큰둥했다. 고양이들이 잔디밭에서 겨우 3미터 거리에서 활보해도, 머트는 코를 찡긋대면서 눈길조차 주지 않았다. 귀여운 암컷 코커 스패니얼이 외로워서 안달하는 옆집에서 불어오는 달콤한 바람도 머트를 백일몽에서 깨우지 못했다. 머트는 차고 옆쪽, 노래지는 잔디밭에 엎드려 차고 문이 열리기만 기다렸다. 이제 곧 차고 문에서 어들리가 나타나, 우리를 태우고 활기찬 대평원으로 내달릴 터였다.

시즌마다 머트는 첫날 완전히 정신이 나갔고, 매 시즌 첫 번째 새를 엉망으로 망가진 상태로 가져왔다. 하지만 그런 일은 한 해에 두 번 일어나지 않았다. 한번 폭발하고 나면 안정적으로 일을 해냈다.

사냥개로서 스스로 발전하는 능력은 무한한 것 같았다. 시즌마다 완벽에 가까워지는 신기술을 개발했고, 일부는 이상한 정도를 넘어섰다.

10월 초 수요일, 우린 온타리오 출신의 친구를 대평원 사냥에 초대했다. 순종 세터 견사의 소유주로 동부에서 30년간 고지대 새 사냥을 한 사람이었다. 그는 어지간한 개들의 영민함에 놀라지 않았다. 그런데 머트는 그를 놀라게, 심지어 경악하게 만들었다.

그가 머트의 외모에 실망한 건 분명했지만, 우리가 말한 특이한 점들을 의심하지는 않았다. 이런 신뢰를 보인 결과, 그와 머트는 처음 만난 순간부터 잘 지냈고 둘이 넓은 포플러 숲의 한

쪽을 돌았다. 그사이 아버지와 나는 숲의 다른 쪽을 살폈다. 우리의 목표물은 헝가리자고새떼였다. 자고새 무리가 근처 어딘가에 숨어 있는 걸 우린 알았다.

헝가리자고새는 가장 심하게 사냥을 당하는 종이지만 생존해서 개체 수가 증가했다. 그럴 만한 명백한 이유가 있었다. 시즌 개시일의 일제사격이 그들에게 경고를 날리면 대부분의 자고새는 건드릴 수 없는 존재가 된다. 새들은 그루터기 속에 보이지 않게 웅크리고 있다가 사냥꾼의 눈에 띄기 훨씬 전에 사냥꾼을 본다. 사냥꾼과 35~45미터 거리가 있으면 새들은 광산에서 폭약을 터뜨리듯 일제히 날아오른다. 총알 같은 속도로 사방으로 흩어져버린다. 이 새들은 땅에서 달릴 때면, 몇 킬로미터 지점까지 멈추지 않는다. 또 달리는 속도가 하늘을 나는 속도보다 조금 더 빠른 것 같다.

동부 손님은 이론으로는 훤히 알았다. 그가 경계하던 중 새떼가 50미터 거리에서 나타나더니 거의 즉시 버드나무 습지로 사라져버렸다. 그는 방아쇠를 당길 새가 없었다. 그리고 이 실패에 우울해졌다. 그런데 설상가상으로 머트가 갑자기 새 사냥개의 기본을 어기고 동반자에게 미안한 표정조차 없이 사라진 새떼를 쫓아가버렸다.

우리 친구가 휘파람을 불고 소리치고 욕설을 퍼부어도 소용없었다. 머트는 이상하게 한쪽이 기운 자세로 뛰어갔고 곧 시야에서 사라졌다.

우리는 포플러 숲의 끝에서 손님과 합류했고, 그는 예의를 지키느라 아무 말도 하지 않았지만 무슨 생각을 하는지 훤히 읽혔다. 하지만 몇 분 후 뒤쪽에서 요란하게 헉헉 소리가 나서 돌아본 순간, 그가 무슨 생각을 했는지는 알기 어려웠다. 머트가 잰걸음으로 다가오는데 입에 자고새를 물고 있었다.

우리 친구는 문자 그대로 기함했다.

그가 소리쳤다.

"이게 무슨 일이야! 난 총을 쏘지 않았는데. 설마 이 대단한 개가 포수의 도움 없이도 사냥하는 건 아니겠지요?"

아버지는 잘난 척하는 웃음을 터뜨렸다.

아버지는 극적인 효과를 내는 재주를 발휘하면서 설명했다.

"뭐 그 정도는 아니고요. 물론 총이 도와주면 새를 더 많이 가져오겠지만, 총의 도움이 없어도 제법 잘하긴 합니다. 새들을 쫓아 뛰어가지요."

아버지는 나머지 설명을 하지 않았고, 손님은 자신이 보유한 명견들을 불만스러워하면서 먼 동부로 돌아갔다. 떠나기 전에 머트를 데려가려고 부단히 시도했지만 소용없었다. 그는 자기 눈을 믿었지만 우리가 아는 사실까지는 몰랐다. 그 자고새가 다른 사냥꾼의 총에 맞고 다쳐서 뛰어가다가 머트에게 걸렸다는 것을.

그럼에도 머트가 보여준 이 방면의 능력은 가볍게 취급할 수 없었다. 우리가 보지 못했을 때도 머트는 다친 새를 자주 봤고, 우리가 발포하지 않아 가져올 새가 없을 텐데도 새를 끌고 온 경우가 열두 차례 이상이었다. 우린 머트가 정상적인 절차를 무시하고 혼자 사라져도, 개를 욕하느라 힘을 뺄 필요가 없단 걸 알게 되었다. 나중에 머트가 입에 새를 물고 돌아오면 사과하는 게 너무 민망했으니까.

다친 새는 머트를 피할 곳이 없었다. 이상하게 생긴 주먹코가 어색해 보여도 들판에서 유난히 능력을 발휘해 찾지 못할 새들을 척척 찾아냈다.

새스커툰의 북쪽에 있는 포플러 숲에 목도리뇌조가 많아서 이따금 우리는 이 야생조를 사냥했다. 이 새들은 은신처에 붙어 있어서 조준하기 어려웠다. 하지만 총을 쏘면 늘 우리 차지가 됐다. 새들이 숨지 않을 것 같은 곳에 숨어도 머트는 척척 찾아낼 수 있었다.

어느 추운 아침 와카우 호수 부근에서 나는 뇌조에게 경상을 입혔고, 너른 늪 위를 날아가는 새를 실망스럽게 바라보았다. 새는 다이아몬드 버드나무(나무에 다이아몬드 무늬의 탈색이 생긴 버드나무 - 옮긴이) 숲 위로 사라졌다. 곧장 머트가 성큼성큼 뛰어갔지만, 나는 추적하지 못할 거라고 확신했다. 희망 없이 개를 따라가기 시작해 걸어가는데, 다이아몬드 버드나무 숲이 무겁게 흔들리

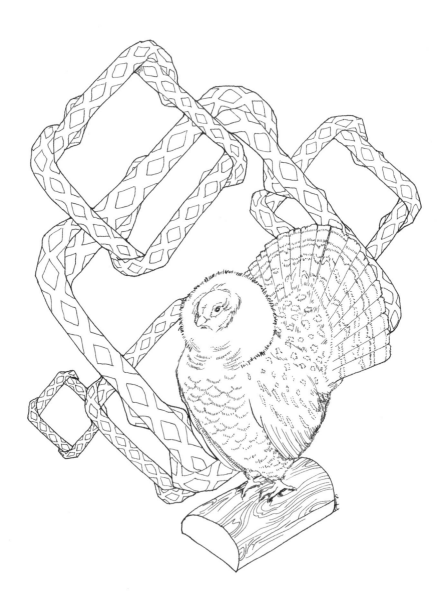

는 걸 보고 깜짝 놀랐다. 빽빽한 나무들(일부는 높이가 6미터)이 흔들리며 탁탁 소리를 내기 시작했다. 걸음을 멈추고 멍하니 쳐다보니, 얼마 후 하얀 것이 번뜩이고 곧 나무 위로 머트의 머리통이 보였다. 목도리뇌조를 입에 물고 있었다, 평소처럼.

머트는 땅으로 내려오느라 애를 먹었고, 마침내 내게 왔을 때는 뒤숭숭한 꼴이었다. 하지만 녀석은 내 축하를 차분히 받아들였다. 머트는 이처럼 수준 높은 솜씨로 사냥감을 집어 오는 걸 아주 당연하게 여겼다.

넓은 하늘도 머트를 피하기에 안전하지 않았다. 난 머트가 2미터에서 2.5미터나 뛰어올라, 경상을 입은 굼뜬 초원멧닭이나 헝가리자고새를 끌고 오는 걸 본 적이 있다. 다친 오리가 안전하다고 믿고 물로 피했다면 몰라도 한참 모르는 짓이었다.

머트는 오리의 기름진 맛을 영 질색해서, 늘 앞니 사이에 날개 끝만 물고 끌고 왔다. 오리가 악취를 풍긴다는 듯 입꼬리를 올리고서. 오리를 싫어한 결과 직접 오리를 죽이지 못했고, 이런 혐오 때문에 가끔 곤란해졌다.

메오타 호수에서 아버지와 나는 총알 네 발로 청둥오리 다섯 마리를 맞히는 행운을 누린 적이 있다. 안타깝게도 새들은 모두 살아서 날지는 못해도 활발히 움직였다. 머트가 쫓아갔지만 습지가 많아서, 걸을 만한 곳을 지나가는 게 할 수 있는 전부였다. 퍼덕대는 청둥오리를 물고 굳은 땅으로 돌아오기란 거의 불가능했다. 머트는 새들을 호수에 있는 작은 섬으로 데려가는 것으로 문제를 해결했다. 그사이 우린 배를 구하러 갔고.

반시간 후 작은 섬에 도착한 우린 환상적인 상황을 목격했다. 거기에 머트가 있었고 청둥오리 다섯 마리가 있었지만 모두 움직이고 있었다. 한 번에 한 마리나 두 마리, 세 마리가 물가로 걸어가면 머트가 달려들어 새들을 다시 높은 지대로 몰아냈다. 그런 다음 한 마리의 날개를 낚아채고 다른 새 위에 (문자 그대로) 앉아서 나머지 두 발로 다른 두 마리를 짓누르고, 배로 마지막 새를 제압하려 애썼다. 하지만 다섯 번째 새가 가까스로 빠져나가 부지런히 걸어갔다. 머트는 나머지 포로들을 포기해야 했고, 모든 과정이 다시 시작되었다. 머트가 한계에 도달한 즈음 우리가 나타나 구제했고, 난 처음이자 마지막으로 우리 개가 진짜 초조해하는 모습을 보았다. 애초에 버둥대는 다섯 마리를 어떻게 작은 섬에 가져갔는지 아직도 모르겠다.

머트는 오래전에 다이빙 기술에 통달했고 수심 1.5미터까지 들어가 1분 동안 잠수할 수 있었다. 깊이 잠수하는 오리의 경우, 수면에서 기다리다가 오리가 올라오면 숨 쉴 사이도 없이 물속에 다시 넣으면 된다는 것도 배웠다.

머트가 오리에게 지는 것은 딱 한 번 봤다. 그때는 진짜 오리가 아닌 서부논병아리였다. 머트는 우리에게 쇠오리를 갖다주더니 더 데려올 새가 있다고 믿고 사라졌다. 논병아리가 다치지 않았지만(적어도 우리의 사격에는) 우린 머트와 입씨름해봤자 소용없는 걸 알기에 뜻대로 하게 놔두었다.

논병아리들은 거의 날지 않고 물고기처럼 물에 뛰어든다. 머트가 한 시간 가까이 그 새를 쫓는 사이, 아버지와 나는 은신처에 숨어서 웃음소리를 내지 않으려고 애썼다. 즐거운 기색을 머트에게 들키면 곤란했다. 놀림감이 되는 걸 못마땅해하는 개였으니.

머트는 점점 부아를 냈고, 수심이 3미터 내지 4.5미터나 되는데도 결국 논병아리를 지치게 만드는 작전을 접고 물속으로 내려가기로 결정했다. 하지만 깊이 잠수하기에 적합한 몸이 아니었다. 부력이 너무 컸고 제대로 가라앉지 못했다. 세 번째 시도에서 머트는 물속에서 완전히 뒤집혀서 거꾸로 수면으로 떠올랐다. 그때 딱 한 번 머트는 할 수 없이 물가로 나왔다. 우리는 다시 뇌조 사냥에 나섰다. 그러지 않으면 머트는 호수 물을 4리터는 마셨을 것이다.

곧 머트의 특출한 능력에 대한 소문이 쫙 퍼졌다. 아버지도 나도 개와 관련해서는 말을 아끼지 않아서였다. 처음에 지역 사냥꾼들은 의구심을 가졌지만, 몇 명이 머트의 솜씨를 본 후 의심이 큰 자랑으로 바뀌기 시작했다. 시간이 지나자 머트의 이름은 서스캐처원 사냥계의 대명사가 되었다.

사실 머트는 상징이 되었다. 팬들이 뭘 모르는 이방인들에게

(이방인이 동부 사람이면 더욱더) 머트의 실력을 약간 과장하는 바람에 특히 서부의 상징이 되었다. 그런 이방인과 머트의 지역 팬들의 어느 만남에서 머트는 가장 대단하고 오래 기억될 명성을 얻게 되었다. 새와 새 사냥개가 있는 한 새스커툰에서 이 일은 결코 잊히지 않을 것이다.

모든 일은 푹푹 찌는 7월 어느 날 시작되었다. 대평원이 죽어가는 코요테처럼 헉헉대고 먼지가 자욱이 내려앉고, 공기가 닿으면 살갗이 탈 것 같은 날이었다. 그런 날이면 지각이 있는 사람들은 캐나다에서 '지하 동굴'이라고 에둘러 표현하는 맥줏집에 틀어박혔다. 전국적으로 마찬가지였다. 조명이 어둡고 북적대는 굴 안에 땀과 쏟아진 맥주와 연기 냄새가 질펀하다. 하지만 이런 술집은 대개 제법 서늘하다. 또 맥주라고 내놓는 심심한 술도 보통은 얼음처럼 시원하다.

이 특별한 날, 개 애호가인 주민 다섯 명이 맥줏집에 모였다. 그들은 매니토바에서 열린 사냥개 시연회에서 돌아온 참이었고 손님 한 명을 데려왔다. 뉴욕 주에서 온 이 비만한 신사는 부와 야망을 다 가진 사람이었다. 그는 야망을 충족시키는 데 부를 쏟아부었다. 세계까지는 아니더라도 아메리카 대륙에서 가장 훌륭한 리트리버들을 키우고 소유하는 게 그의 야망이었다. 신사는 자기 개들을 매니토바 시연회에서 지켜본 후, 지역민들의 진심 어린 초대를 받고 새스커툰에 왔다. 여기서 어떤 종류의 사냥개를 키우는지 보고 마음에 들면 사들일 작정이었다.

그의 마음에 드는 개가 없었다. 펄펄 끓는 여름날 여기까지 왔는데 빈손으로 돌아가려니 짜증이 날 만도 해서, 손님은 좀 거만한 태도를 보였다. 지역 견사의 개들에 대해 신랄하고 조롱 섞인 코멘트를 했다. 동네 개 사육자들은 감정이 상했고, 그 결과 바보 같은 말을 떠벌렸다.

손님이 탈 기차는 오후 4시에 출발할 예정이어서, 12시 30분부터 3시까지 여섯 사람은 둘러앉아 마음의 열을 식히고 개에 대해 이야기했다. 대화는 날씨만큼이나 뜨거웠다. 당연히 머트의 이름이 언급되었고, 희귀종인 프린스 앨버트 리트리버 종의 뛰어난 예라는 말이 나왔다.

이방인은 야유했다. 그가 큰 소리로 말했다.

"희귀종이라니! 희귀종인 건 맞겠구먼! 내가 들어본 적이 없는 종이니!"

대도시 사람의 의구심에 주민들은 발끈했다. 당장 머트의 이야기를 늘어놓기 시작했고, 약간 과장했다고 해도 누가 탓할까? 하지만 자세히 이야기할수록 손님의 웃음소리는 더 요란해지고 불신은 더 커졌다. 결국 누군가가 과할 정도로 열을 받았다.

머트의 팬이 도전적으로 말했다.

"내기를 합시다. 이 개가 미국 전역의 어떤 사냥개보다 뛰어나다는 데 100달러 걸겠소."

아마 사냥 시즌이 시작되지 않았으니 내기를 걸어도 돈을 물 일이 없을 줄 알았겠지. 혹은 너무 화가 나서 아무 생각도 못했거나.

손님은 도전을 받아들였지만 내기의 판가름이 날 가능성이 별로 없을 듯했다. 누군가가 그렇게 말하자 미국인은 껄껄 웃었다.

"당신들은 큰소리를 쳤지요. 이제 나한테 보여주시오."

그가 말했다.

머트를 찾아내서 일이 잘 풀리기를 기대하는 수밖에 다른 방법이 없었다. 여섯 사람은 어두운 술집에서 나와 용감하게 무더운 여름 오후 속을 걸어 공립도서관으로 갔다.

도서관은 흉한 사각형 건물로 도시의 중앙로에서 약간 비켜나 있었다. 어쩔 수 없이 뒤편 골목에는 중국 음식점 두 곳과 다양한 상점들이 있었다. 아버지의 사무실은 도서관 건물 뒤쪽에 있어서 뒷골목이 내려다보였다. 방충문으로 건물 뒤편의 좁은 공간에 갇힌 더운 바람이 들어왔다. 이 뒷문으로 손님들이 들이닥쳤다.

책상 밑에 자리를 잡은 머트는 손님들이 들어오자 고개를 드는 둥 마는 둥 하더니, 다시 더위가 일으킨 망각의 혼수상태에 빠졌다. 말소리, 인사를 나누는 소리, 좀 불쾌한 손님의 말투를 들었지만 주의를 기울이지 않았다.

하지만 아버지는 집중해서 들었다. 그리고 손님이 몸을 굽혀 책상 밑을 들여다보면서 한 말이 아버지의 부아를 돋우었다.

"아, 이제 무슨 종인지 알아보겠소. 프린스 앨버트 래트하운 드(쥐 잡는 개 - 옮긴이)라던가?"

아버지는 몸을 뻣뻣이 하며 일어났다.

"여러분은 머트의 리트리버 솜씨를 보시고 싶군요, 그렇습니까?"

아버지가 물었다.

지역 주민들이 맞장구치자 손님이 조롱하는 투로 끼어들었다. 그가 무례하게 말했다.

"개를 시험해보시오. 저기 골목은 어떻소? 쥐가 득실댈 것 같소만."

아버지는 아무 말도 하지 않았다. 대신 의자를 뒤로 밀며 걸어서 큰 찬장으로 갔다. 거기에 일과 후 사냥을 갈 수 있도록 사냥 도구가 보관되어 있었다. 아버지는 문을 활짝 열고 총 케이스를 꺼냈다. 총신, 방아쇠 앞부분, 개머리판을 꺼내어 총을 조립했다. 개머리판을 닫고 방아쇠를 시험하자 머트가 익숙한 소리를 듣고 활기를 찾았다. 책상 밑에서 얼른 나와 서서 코를 찡긋하면서 당황한 기미를 풍겼다.

아버지가 뭔가를 놓친 게 분명했다. 지금은 사냥 시즌이 아니었다. 그런데…… 총이 나와 있었다.

머트가 질문하듯 끙끙대자 아버지가 머리를 토닥이며 말했다.

"착하지."

그러고 나서 아버지가 방충문 쪽으로 걸어가자 머트가 바싹 쫓아갔다.

이즈음 인간 구경꾼들은 머트 못지않게 당황했다. 아버지가 현관으로 나가자 여섯 사람은 사무실 문간에 서서 궁금한 눈치로 지켜보았다. 아버지는 장전되지 않은 총을 들고 골목에서 중앙로를 향해 거누었다. 그리고 방아쇠를 누르면서 조용한 목소리로 말했다.

"탕~ 탕~. 가서 가져와!"

오늘까지도 아버지는 무슨 속내로 그랬는지 계속 함구한다. 어떤 결과를 기대했는지 밝히려 하지 않고, 그럴 줄 몰랐다는 말도 하지 않으려 한다.

머트는 입구 계단을 뛰어 내려가 쏜살같이 골목을 내려갔다. 그들은 머트가 모퉁이를 돌아 중앙로로 접어들고 두 노부인이 부딪힐 뻔한 광경을 지켜보았다. 구경꾼들은 도로 끝에서 행인들이 멈추고 고개를 돌려 쳐다보다가 망연자실하며 서 있는 모습도 보았다.

머트는 겨우 2분 만에 돌아왔지만, 도서관 계단에 서 있는 이들에겐 훨씬 길게 느껴졌을 것이다. 뉴욕 신사는 새로 더 재미난 반격을 하려고 목청을 가다듬다가, 목구멍에 말이 걸리고 말왔다.

그들 모두 보았다. 그리고 믿지 못했다.

머트가 골목을 거슬러 오고 있었다. 빠른 걸음으로 걸었다. 머리와 꼬리를 높이 들고, 입에 굉장한 목도리뇌조를 물고 있었다. 머트는 태연하게 현관 계단을 올라와 아버지의 발밑에 새를 내려놓았다. 그리고 만족스런 한숨을 쉬면서 책상 밑으로 기어 들어갔다.

머트의 숨소리 외에 침묵이 흘렀다. 그러더니 주민 한 명이 꿈꾸는 것처럼 한 걸음 나와서 새를 집었다.

"벌써 박제가 되었네, 이럴 수가!"

그가 말했다. 속삭이는 목소리였다.

바로 그때 '애시브리지 무기점'의 직원이 도착했다. 직원은 흐트러진 행색으로 제정신이 아니었다. 그는 쿵쾅쿵쾅 도서관 계단을 올라와, 아버지에게 화난 소리로 쏘아붙였다.

"선생의 망할 개 말입니다…… 가두어 키우셔야겠네요. 방금 전에 가게로 쑥 들어와서 진열장의 뇌조 박제를 낚아챘지 뭡니까. 사장님이 격노하셨어요. 사장님의 수집품 중에서 가장 멋진 박제란 말입니다……."

내기에서 진 뉴욕 신사가 돈을 내놓았는지는 모르겠다. 그날의 사건이 나라의 역사가 되었다는 건 안다. 〈스타 피닉스〉에 실린 이야기를 캐나다 언론사가 기사로 실었고, 머트의 명성이

동부에서 서부까지 전국에 자자했다.

그런 대접을 받고도 남을 일이었다.

7

고독한 '걷는 자'

새스커툰에서 몇 년 산 후 우리 가족은 새 동네로 이사했다. '리버로드'는 서스캐처원 강변에 있었지만 지대가 낮고 더 서민적인 지역이었다. 리버로드 공동체의 특징은 상당히 다양하고 개인의 개성을 무척 존중했다.

우리 집에서 세 집 건너에 퇴직한 교사가 살았다. 그는 알래스카에서 몇 년간 살다가 돌아오면서 알래스카 허스키 팀을 데려왔다. 이 늠름한 개들은 동네 개들뿐 아니라 주민들에게도 대접받았다. 그중 세 마리가 주인집에 든 도둑을 잡아 푸줏간 고기처럼 만든 일로 나 같은 아이들의 찬사를 받았다.

골목 맞은편에 사는 이발사는 유기견 임시 보호소 같은 시설을 운영했다. 그가 유기견을 보살피는 게 사업상 목적 때문이라는 안 좋은 소문이 돌았다. 그가 보호하는 각종 개 몇 마리가 이상하게 이발했다는 확고한 사실 때문에 소문이 정당성을 얻었다. 이후 나는 몇 년 동안 이발사와 친하게 지내면서 그에게 비밀을 들었다. 여러 해 전 그는 이발한 프랑스 푸들을 보았고 개들에게 더 독특한 헤어스타일을 해줄 수 있다는 확신이 생겼다. 그러면 큰돈도 벌고 명성도 얻을 것 같았다. 그의 실험은 예술적인 측면도 있었다. 몇 가지는 인권 단체 조사관의 방문을 초래했지만.

나는 어려움 없이 새 동네에 적응했지만, 머트는 적응하기가 쉽지 않았다. 리버로드에는 개가 엄청나게 많았다. 머트는 개들을 받아들이는 법을 배워야 했고 외출이 어려워졌다. 길고 부드러운 털과 고운 '깃털'은 부드럽고 감상적인 인상을 주는 경향이 있었다. 그래서 다른 개들이 오해했고, 난폭한 동네 개들은 적극적으로 적대감을 표시했다. 개들은 무리 지어 다니기 일쑤였고, 가장 큰 무리는 바로 옆집의 큰 불테리어가 이끌었다. 어울리는 성격이 아닌 머트는 혼자 지내기를 좋아했고, 이것이 다른 개들의 각별한 의심을 샀다. 개들은 머트를 단단히 별렀다.

머트는 호전적인 기질의 소유자가 아니었다. 난 머트가 평생 다른 방법이 없지 않는 한 싸움에 뛰어드는 걸 본 적이 없다. 그 현저히 세련된 태도를 다른 개들은 이해하지 못했다. 그런 이유로 머트를 조롱했다.

어머니는 머트와 산책 중에 호전적인 낯선 개를 만나면 머트의 온화한 태도 때문에 난감해지곤 했다. 머트는 느긋하게 허세를 부리면서 시간을 낭비하지 않았다. 낯선 개를 보기가 무섭게 어머니의 치마 밑으로 기어들었고, 어머니가 아무리 밀어내고 따끔하게 혼내도 밖으로 나오지 않았다. 낯선 개는 거기가 피난처라는 걸 깨닫지 못했고 종종 그게 어머니를 곤혹스럽게 만들었다.

머트는 싸움에 반감을 가졌지만 겁쟁이가 아니었고, 자기방어를 못하는 것도 아니었다. 나름의 싸움 기술을 가졌고, 이 기술은 독특하지만 위력이 강했다. 이사하고 1주일이 안 되어 머트는 자신의 싸움 기술이 얼마나 효과적인지 우리에게 보여주었다.

머트는 동네 분위기를 몰라서 불도그들도 꺼리는 곳에 드나들었다. 어느 아침 머트는 어리석게도 고양이를 쫓아서 퇴직 교사네 마당에 들어갔다. 즉시 탐욕스런 허스키 네 마리가 에워쌌다. 그들은 가혹한 무리였고 먹잇감을 향해 다가들었다.

머트는 이번에는 싸워야 된다는 걸 금방 깨달았다. 그래서 민첩한 동작으로 훌러덩 눕더니 네 다리를 미친 듯이 자전거 바퀴 돌리듯 움직이기 시작했다. 꼭 2인용 자전거를, 똑바로가 아니라 거꾸로 타는 것 같았다. 또 특이한 사이렌 소리를 내기 시작했다. 목구멍 속 깊이 나는 소리였는데, 어떻게 그런 소리를 냈는지 모르겠다. 미치광이의 통곡 비슷했다. 다리의 움직임이 빨라지면서 고음의 사이렌이 커졌고, 결국 가스터빈이 전속력으로 작동되는 듯한 소리가 나기 시작했다.

허스키 네 마리는 이 기묘한 행동을 보고 갑자기 동작을 멈추었다. 개들은 귀를 내밀고 꼬리를 뻗치면서, 화나고 당황스러워서 눈썹을 찌그러뜨렸다. 그러더니 천천히 한 마리씩 물러나기 시작했고, 바로 앞의 비참한 광경에서 심술궂게 눈을 돌렸다. 허스키들은 머트와 3미터쯤 멀어지자 일제히 몸을 돌려 체면을 내던지고 자기 집 뒷마당으로 달아났다.

흔히 머트가 자전거 전술(우리는 그렇게 불렀다)을 보이는 것으로도 유혈 사태가 방지되었지만, 한번은 고집불통 개가 겁먹으려 들지 않았다. 이런 경우 무서운 결과가 생길 수도 있었다. 머트의 기이한 방어 자세는 그저 겁주려는 허세가 아니었기 때문이다.

우리가 땅다람쥐를 잡으러 갔을 때 머트는 어느 농장 콜리에게 공격을 당했다. 좀 미친 개였던 것 같다. 한 눈은 하얗고 한 눈은 파랬는데 둘이 합쳐져서 미친 인상을 풍겼다. 또 누운 머트에게 한 치의 망설임도 없이 몸을 날리는 미친 짓을 벌였다.

콜리가 몸 위에 떨어지자 머트는 툴툴거렸고 순간적으로 다리의 속도가 느려졌다. 그러더니 머트는 힘을 냈다. 말하자면 전력 질주하는 것 같았다. 콜리가 공중에 던져졌고 아래위로 오르락내리락했다. 분수의 물줄기 끝에서 고무공이 오르내리듯

이. 콜리는 내려올 때마다 앞뒤로 빨리 움직이는 머트의 네 발톱에 긁혔다. 결국 바닥에 떨어졌을 때는 열두어 곳이 심하게 긁혀서 피가 났고 실컷 두들겨 맞은 상태였다. 콜리는 달아났다. 머트는 쫓아가지 않았다. 승리하면 넓은 도량을 보였다.

의도적으로 동네 개들과 결투를 몇 차례 벌일 심산이었다면 머트는 분명히 상대방의 빠른 항복을 받았을 것이다. 하지만 머트는 비폭력 원칙을 신봉해서, 적어도 다른 개들에게는 이런 원칙을 적용하여 계속 전투를 피했다.

동네 개들, 특히 옆집 불테리어가 이끄는 무리는 머트를 전투에 끌어들이기 위해 수고를 아끼지 않았다. 한동안 머트는 어머니나 나와 외출하지 않으면, 집에 박혀 지내야 했다. 거의 한 달이 지나서야 이 문제의 해결책을 찾았다.

결국 동원한 해결 방법은 전형적으로 머트다웠다.

새스커툰의 모든 주택 뒷마당에는 수직의 두꺼운 판자에 가로세로 5센티미터, 10센티미터인 자투리 목재를 가로로 못질한 울타리가 있었다. 울타리마다 위쪽 가로대는 보통 지면에서 1.5~1.8미터 지점, 수직 판자 끝에서 13센티미터 아래에 박혔다. 대대로 이 높은 통로는 고양이들에게 안전한 통로로 이용되었다. 어느 화창한 날 머트는 이 통로를 활용할 수 있겠다고 결정했다.

나는 아침식사 후 양치질을 하다가 머트가 아파서 짖는 소리를 들고 얼른 창으로 가서 내다보았다. 그 순간 머트는 마당 문 옆에 놓인 쓰레기통을 딛고 뒤쪽 울타리를 낑낑대며 기어오르고 있었다. 난 울타리의 위쪽 가로대 위로 몇 걸음 걷다가 균형을 잃고 떨어지는 머트를 지켜보았다. 녀석은 기죽지 않고 곧장 쓰레기통으로 가서 다시 시도했다.

내가 밖에 나가서 말리려 했지만 머트는 듣지 않았다. 나는 그 자리를 떠났고 머트는 여전히 거기서 담장에 기어올라 비틀비틀 몇 걸음 걷다 다시 떨어졌다.

그날 밤 식탁에서 나는 머트의 이 새 관심사에 대해 말했지만 다들 별다르게 생각하지 않았다. 우린 머트의 괴상스런 버릇에 익숙했고, 이 멍청한 행동 뒤에 묘수가 있으리라 생각하지 않았다. 하지만 며칠 후 저녁, 내가 봤다시피 묘수가 있었다.

두 친구와 나로 이루어진 벵골 창기병 부대는 대나무 낚싯대로 만든 창으로 무장하고, 오후 내내 자전거를 타고 뒷골목을 누비며 호랑이(동네 고양이) 사냥을 했다. 저녁밥 때가 되자 우리는 리버로드 뒷골목을 지나 천천히 집으로 향했다. 그때 조금 앞에 있던 친구가 놀라서 소리를 지르면서 자전거를 돌리다가 나와 부딪혔고 우린 햇볕에 말라붙은 흙바닥에 넘어졌다. 나는 일어나서 친구가 가리키는 앞쪽 울타리를 보았다. 친구는 놀라서 눈이 휘둥그레졌다.

둘이 부딪히고 친구가 경악한 원인은 50미터도 안 되는 거리에서 울타리 꼭대기를 태연히 걸어가는 머트였다. 그 울타리 너머는 허스키들의 집이었고, 우린 개들을 보지 못했지만 소리를 들을 수 있었다. 새스커툰 전체가 그랬다. 그들의 광포한 울음은 탁 소리에 끊겼다. 허스키들이 얄미운 개에게 뛰어올랐다가 부럭하게 다시 땅에 떨어지는 소리였나.

머트는 결코 망설이지 않았다. 저녁마을 나온 노신사처럼 허공에 난 길을 한가롭게 걸었다. 허스키들은 부아가 나서 더 날뛰었을 테고, 개들과 우리 사이에 울타리가 있어서 다행스러웠다.

우리 셋이 처음에 받은 충격에서 헤어나지 못하는 와중에 다른 개 군단이 현장에 도착했다. (불테리어가 이끄는) 동네 개 여섯 혹은 일곱 마리가 허스키들의 울음소리를 듣고 여기 찾아왔다. 개들은 머트를 보았고, 불테리어는 즉시 집단 공격을 선도했다. 녀석은 몸을 고집스럽게 힘껏 울타리에 부딪쳤다. 불테리어나 되었기에 그 충격에도 살 수 있었을 것이다.

우린 모든 개의 광란에 겁을 먹고 창을 낮춰 '준비' 자세를 취했다. 머트를 구제할 시도를 해야 될지 말아야 될지 결정할 수가 없었다. 결국 머트에게 우린 필요 없었다.

머트는 냉정을 유지했다. 머트가 균형 잡는 동작에 집중한 나머지 공격자들에게 신경을 쓸 수 없어서 생긴 오해였는지도 모르지만. 머트는 느리지만 꾸준한 속도로 움직였고 허스키들의

울타리를 안전하게 지나, 조금 더 높은 옆집 울타리로 뛰어올라 쭉 걸어서 차고에 이르렀다. 머트는 우아한 동작으로 차고 지붕에 내려서서 잠시 앉았다. 겉으로는 쉬는 걸로 보였지만 사실은 승리를 만끽했다. 난 그렇게 확신한다.

울타리 밑은 아수라장이었다. 그 불테리어처럼 성난 개는 본 적이 없다. 골목에 면한 차고 벽은 2.5미터쯤 됐지만 불테리어는 계속 소득 없이 몸을 부딪쳤고, 결국에는 큰 찰과상을 입고 부들부들 떨었을 것이다.

머트는 2~3분쯤 불테리어의 행동을 지켜보다가, 일어나서 오만하게 힐끗 돌아보더니 두 집 사이의 담장으로 뛰어내려 집 앞쪽 거리를 걸어갔다.

골목에서 소란이 잦아들면서 개들이 흩어지기 시작했다. 대부분의 개들은 머트를 쫓아가려면 그 블록을 돌아가야 되는 걸 알았을 테고, 그즈음 머트는 이미 멀리 갔을 터였다. 개들은 풀이 죽어 자리를 떴고 마침내 불테리어만 남았다. 개가 여전히 잔뜩 화나서 차고 벽에 몸을 부딪칠 때 나는 목격한 일을 말하러 집으로 갔다.

그날부터 동네 개들은 머트와 맞서려는 시도를 포기하고 묵묵히 머트를 인정하게 되었다. 불테리어만 빼고 모두. 울타리에 핸드볼 경기를 하느라 뇌가 이상해졌거나, 고집불통이라 포기할 수 없었겠지. 아무튼 불테리어는 계속 매복해서 머트를 기다녔고, 우리 개는 쉽게 피해 다녔다. 그러다 초겨울 어느 날 불테리어는, 그즈음 완전히 균형 감각을 잃었는지 원수를 쫓느라 도로를 건너다가 달리는 차들을 보지 못했다. 결국 고물 승용차 '모델 T'에 치이고 말았다.

울타리를 걷는 특이한 기술로 머트는 원했으면 동네 개들의 대장이 될 수도 있었다. 이 독특한 재주는 인기 있는 고양이 잡기 게임에 상당히 유리했으니까. 하지만 머트는 스스로 고안한 방식에 자족하는 고독한 '걷는 자'로 남았다.

처음 울타리 위를 걸어야 했던 이유가 없어졌지만 머트는 계속 울타리로 올라갔다. 성과에 큰 자부심을 느껴서 연습에 매진했다. 나는 친구들에게 개 자랑을 하곤 했고, 모르는 애들과 내 '줄 타는' 개의 능력을 두고 몇 푼씩 내기를 했다. 늘 그렇듯 이기면 머트에게 사탕 코팅이 된 껌을 선사했다. 좋아하는 주전부리여서, 머트는 씹다가 박하 맛이 빠져 맛없는 덩어리만 남으면 꿀꺽 삼켰다. 어머니는 껌이 머트에게 나쁘다고 생각했지만 내가 아는 한 소화기에 역효과를 일으킨 적은 없었다. 머트의 위장은 뭐든 탈 없이 소화했다.

8

고양이와 사다리

머트는 늘 고양이를 질색했지만, 울타리 걷기 전문가가 되기 전까지는 반감을 효과적으로 표현하지 못했다. 새스커툰의 울타리 두른 뒷마당들은 고양이를 위해, 특히 모든 개를 좌절시키려는 장치였을지 모른다. 어쩌면 이 우호적인 환경 때문에 고양이 수가 많았고, 고양이들은 경솔하고 오만방자해졌다. 오랜 세월 안전하게 살았으니 그럴 만도 했다. 그런데 이것은 무모한 태도였음을 곧 머트가 알려주었다.

머트는 울타리 걷기 기술을 완벽하게 구사하자 동네 고양이들에게 재앙이자 감당 못할 상대가 되기 일쑤였다. 살아남은 동네 고양이가 몇 안 되고 다들 조심하자 머트는 범위를 넓혀, 그 특기를 모르는 고양이들을 찾아 새스커툰 전역의 골목을 누볐다. 해가 다 가기 전에 시내 고양이들은 머트 때문에 불안해서 나무 위에서 살다시피 했다.

머트는 일단 고양이를 찾으면 여느 시시한 개처럼 그 방향으로 뛰어갔다. 그러면 고양이는 냉큼 가장 가까운 울타리로 올라가 걸터앉아서 느긋하고 안전한 기분에 젖었다. 머트가 패배를 인정한 듯 낙심한 표정으로 몸을 돌리면, 고양이는 돌아서는 머트에게 모욕을 쏟아냈다.

그런데 머트는 울타리의 모서리에 도착하면 갑자기 몸을 돌려 가로대 위로 뛰어올랐다. 놀란 고양이가 털을 곤추세울 짬도 없이 머트는 같은 높이에서 달려들었다.

이제 고양이는 이중고에 시달렸다. 울타리에서 공격자의 눈을 할퀴려고 시도하는 동시에 안전하게 균형을 잡을 수가 없었다. 바닥으로 뛰어내리면 거기는 머트의 주무대였다. 울타리를 따라 물러나려고 하면 머트의 긴 다리가 곧 낚아챌 터였다. 나무가 가까이에 있으면 고양이는 탈 없이 피할 희망을 가질 수 있었다.

어느 날 머트는 사냥감을 쫓아 위쪽 가지에 올라가기로 결정할 수밖에 없었다. 머트다운 방식이었다. 사실 나무에 오르고, 그것도 솜씨 좋게 해내는 육상동물이 제법 많다. 지중해 지역에서 올리브 가지 위쪽을 지나다니는 염소들을 자주 본다. 마멋(토끼만 한 다람쥣과 동물 - 옮긴이)도 나무를 타고, 코요테가 사냥개를 쫓다가 나무에 올랐다는 이야기도 많이 듣는다.

그럼에도 어느 아침 뒷마당에 있는 나무의 중간쯤에 올라간 머트를 보자 나와 부모님은 충격에 휩싸였다. 머트는 어색하지만 단호하게 나무를 탔고, 4.5미터쯤 높이에 올랐을 때 죽은 가지가 무게를 못 이겨 부러지는 바람에 바닥에 떨어졌다. 가벼운 찰과상을 입었고 배를 다쳐 숨을 쉬기 어려웠지만, 머트는 개가 나무를 타는 게 불가능하지 않음을 입증했다. 그 순간부터 의기소침한 표정을 짓지 않았다.

머트가 익힌 새로운 기술이 어떤 수준인지 아무도 몰랐다. 그러다 이듬해 봄 어느 날 소방차가 사이렌을 울리면서 우리 집 앞을 달려갔다. 나는 자전거에 올라타고 쫓아갔다. 블록 중간쯤에서 역시 자전거를 타고 가는 에이벌 컬리모어라는 친구와 만났다. 무슨 일인지 물어보려고 에이벌의 옆으로 자전거를 댔다.

에이벌은 뚱뚱한 아이였고 숨을 몰아쉬었다.

"나도…… 잘…… 몰라. 나무에서…… 야생동물 소리가…… 났어."

친구가 씨근대며 말했다.

이윽고 7번가로 접어드니 소방차 주변에 사람들이 모여 있는 것이 보였다. 우리보다 한 블록 앞에 소방차가 미루나무 가로수 밑에 있었다. 사다리차였다. 사다리가 나무 꼭대기로 뻗어, 빛나는 초록색 사이로 들어가 보이지 않았다. 가까이 다가가니 신문사 사진기자가 카메라를 손에 들고 차에서 내렸다.

미루나무 아래 인도에 어두운 표정의 주민 두 명이 엽총을 품에 안고 서 있었다. 나는 그들 가까이 다가가 고개를 들어 위쪽을 보았다. 낯익은 검은색과 흰색 털이 보였다. 즉시 무엇인지 알았다.

난 총을 든 주민들의 태도에 놀라, 나무 위에 있는 것은 고작 개라고 얼른 말했다. 실은 '우리' 개라고.

내 설명은 적개심만 불러일으켰다.

"건방진 녀석!"

둘 중 한 명이 쏘아붙였다.

다른 사람이 내게 가라고 손짓하면서 엄하게 말했다.

"얼른 가거라. 네가 어리지 않았으면 술에 취한 줄 알겠다."

먼저 남자가 커다랗게 웃음을 터뜨렸고 나는 뒤로 물러났다. 그 사람들을 비난할 수가 없었다. 나뭇잎이 빽빽해서 남들은 나무에 올라간 동물을 알아볼 수 없는데다 아무튼 그것이 개와 전혀 다른 괴상한 소리를 냈으니까. 에이벌과 나만 머트가 곤란할 때 내는, 애처롭게 중얼대는 소리를 알았다.

소방차를 작동시키는 대원에게 가서 말해야 될지 고민하는데, 방금 마대 자루와 총을 들고 소방대원이 올라간 위쪽 가지에서 놀라는 비명이 터져 나왔다.

"세상에 무슨 이런 놈이 있어! 이거, 바둑이 자식이네!"

그가 아연실색한 말투로 소리쳤다.

마침내 소방대원이 '바둑이'를 어깨에 메고 내려오자 머트와 나, 둘 다 안도했다. 머트는 체면을 구긴 것 말고는 해를 입지 않았지만, 소방대원이 땅에 내려주자 민망해서 슬그머니 집 쪽으로 내뺐다.

머트는 나무에서 내려올 때마다 어려움을 겪었고, 사다리를 오르기 시작했을 때도 같은 난관에 시달렸다. 몇 번은 이상한 상황에 빠지기도 했다.

머트는 나무를 타는 실험에 이어 당연히 사다리에 관심을 가졌고, 나는 부추겼다. 뛰어난 곡예사 개의 주인으로 더욱 큰 명성을 얻고 싶어 안달이 났다. 우린 발판 계단으로 연습을 시작했고 그건 수월했다. 이어서 가로대가 있는 사다리로 연습했고, 며칠 지나지 않아 머트는 빨리 가볍게 우리 지붕에 올라갈 수 있었다. 하지만 사다리의 경사가 가파르면, 머리부터 내려오면서 미끄러져서 쿵 하고 떨어졌다. 결국 뒷발을 아래쪽 방향으로 가로대에 차례로 걸고 앞발로 몸을 가누면서 내려오는 방법을 익혔다. 하지만 사다리를 타기 시작한 초기에는 오르기만 할 수 있었다.

머트는 집에 있는 사다리들로 실험하는 정도로 성이 차지 않아 사다리를 보는 족족 공략하곤 했다. 우리 집이 있는 거리에 코우진스키라는 사람이 살았다. 직업은 제빵사였고 공장에서 야간 근무를 했다. 2층 목조 가옥을 단장하며 낮 시간을 보내는 게 코우진스키의 취미였다. 그는 집 전체를 적어도 매년 한 번은 다시 페인트칠했고 해마다 다른 색으로 바꾸었다. 누가 보면 그가 머트만큼이나 사다리 오르기를 좋아하는 줄 알았을 것이다. 적당한 날이면 늘 처마 밑에 올라가 붓을 휘두르는 코우진스키를 볼 수 있었으니까. 그는 도색 작업에 대한 열정을 이렇게 표현했다.

"왜 페인트칠을 하느냐고요? 왜냐고 묻는 겁니까? 이 거리가 예쁘잖아요. 나도 예쁘게 보이면 더 좋죠! 그래서 페인트칠을 하는 겁니다!"

그래서 그는 도색 작업을 했다.

내게 머트의 엉뚱한 모험을 목격하는 행운이 따르지 않는 경우도 있었지만, 다행히 이 일은 직접 봤다. 잊지 못할 경험이었다. 토요일 오후였고 머트와 나는 공룡 뼈를 찾아서 강둑을 휘젓고 다녔다. 집에 오는 길에 코우진스키의 집을 지나쳤고, 난 그가 다시 칠하는 색상이 맘에 들어 눈여겨보았다. 이번에는 초록색에서 암갈색으로 변했다. 계속 걸었고 머트가 따라오지 않는 걸 몰랐다. 성공회 교회 마당에서 공룡 뼈를 발견할 가능성이 있는지 궁리하느라 정신이 팔려서였다. 이게 무슨 말인지 설명을 해야겠다. 교회 묘지에서 땅을 파는 인부들이 작업하면서 그런 유물을 발견할 수도 있겠다는 생각이 들었다는 뜻이다. 인부 한 명과 안면이 있으니 관심을 가져달라고 부탁하기로 결정하는 순간, 뒤쪽 어딘가에서 겁에 질린 비명소리가 났다.

휙 돌아보니 거기, 코우진스크가 도색 중인 집의 남쪽 벽 높이에서 인상적인 광경이 벌어지고 있었다.

사다리 꼭대기에 코우진스키가 있었다. 그는 낙숫물 홈통에 손으로 매달렸고 그의 오른발에 약 4리터들이 페인트 통이 아슬아슬하게 걸려 있었다. 코우진스키의 바로 밑에 머트가 있었다. 머트의 상태는 이상하기 짝이 없었다. 사다리의 위쪽 가로대에서 몸을 돌리려다가 가로대들 사이에 목과 상체가 쑥 빠진 모양이었다. 그래서 허리 가운데 부분으로 중심을 잡고, 어느 쪽으로도 가지 못하는 진퇴양난 상황이었다. 코우진스키는 여전히 마구 소리를 질러댔지만 머트는 잠자코 있었다.

나는 도와주러 달려가서 사다리에 올라가 간신히 머트의 몸을 돌려놓았다. 코우진스키는 발을 다시 사다리 맨 위 칸에 걸쳤고 우리 셋은 바닥으로 내려왔다.

나는 머트의 명목상 주인으로서 심한 욕을 먹으리라 각오했지만, 코우진스키의 반응에 깜짝 놀랐다. 그는 머트의 사다리를 오르는 능력에 감탄해서 자신이 놀라고 고생한 일은 개의치 않았다. 개가 그처럼 높이 사다리를 타고 올라온 일 또한 엄청나게 심한 충격이었음이 틀림없다.

그는 내게 설명했다.

"내가 저기서 칠을 하는데 어디선지 모르게 뭐가 다리 사이로 쑥 올라오지 뭐냐. 저 개가 말이지! 아이고야, 저 개가! 내가 사다리 끝까지 그저 올라갈 수밖에, 달리 어쩌겠니?"

달리 어쩔 수 있을까. 다만 '왜 그가 지붕으로 올라가지 않았을까'라는 생각이 들긴 했다.

나는 머트의 몫까지 사과한 후 머트를 데리고 집으로 갔고, 이 사건 이후 코우진스키는 동네에서 가장 다정한 친구가 되었다. 그는 지치지도 않고 '저 개' 이야기를 했다.

다른 어느 날 머트는 마음을 끄는 사다리를 발견하자 또 올라갔고, 도중에 방향을 바꿀 수가 없자 창문이 열려 있는 2층 침실로 기어 들어가 침실 문을 긁었다. 결국 집주인이 위층에 올라와서 머트를 내보내주었다. 그 집주인 역시 독특한 성격의 소유자였다. 캐나다 국철 회사에 삼십몇 년간 근무한 결과, 내가 아는 가장 침착한 사람이 되었다. 그 어떤 일도 그의 평정심을 흩뜨리지 못했다.

그가 머트를 뒷문으로 내보내고 다시 거실로 들어가자 아내가 위층에서 무슨 소리가 났느냐고 물었다. 그는 대답했다.

"아무것도 아니야. 길 잃은 개가 침실에 들어온 것뿐이야."

실제로 그런 말이 오갔다는 걸 나는 안다. 그 부인이 다과 모임에서 어머니에게 말했고, 어머니는 범인이 머트가 분명한 걸 알고 내게 알려주었다.

마침내 머트가 '캣 레이디'와 충돌한 것은 사다리를 완전하

119

게 오르내릴 수 있게 된 후였다.

난 그런 이름을 들어본 적이 없었다. 이름이 있기나 했을까. 어른 아이 할 것 없이 리버로드의 주민들에게 '캣 레이디'로 불렸다. 그녀는 우리 블록의 모퉁이에 있는 허름한 목조주택에 살면서 고양이들을 키웠다.

세상에는 그런 여성들이 있을 것이다. 대개 노처녀로, 분노에 시달리고 고양이에게 위로받는 사람들. 이런 부류는 고양이를 위해서라면 진짜 무서워질 수 있고, 캣 레이디가 그런 사람이었다. 그녀는 다른 사랑을 몰라서 고양이들 외에 관심사가 없었다. 그래서 고양이 때문에 이웃들을 비롯해 공중보건 당국과 이견이 생기자 그녀는 단호하게 바깥세상을 등졌다. 어떤 사람도 그녀의 집에 들어가지 못했고 우리가 리버로드로 이사하기 전 10여 년간, 심지어 우유 배달원(그녀가 참고 봐주는 사람이었지만)도 집 안으로 들어가지 못했다. 캣 레이디는 검침원들이 지하실에 들어가지 못하게 했고 결국 전기와 수도 회사는 공급을 끊어야 했다.

그 집에 실제로 고양이가 몇 마리나 있는지 아무도 정확히 몰랐다. 나와 친구들은 놀이 삼아 그 집을 염탐하고(하지만 그녀가 독설가인데다 빗자루를 들고 나오기에 조심했다) 창틀에 앉은 고양이 수를 셌다. 어느 토요일에 난 마흔여덟까지 셌는데 한 친구는 예순다섯 마리를 셌다고 맹세했다.

개들과 이웃들 때문에 캣 레이디는 고양이들을 마당에 내놓지 않았고, 여름이고 겨울이고 늘 아래층 창문을 닫고 지냈다. 실내공기가 이류 동물원의 사자 우리와 비슷했을 것이다. 바람이 불 때 그 집 2층 침실의 창문이 열려 있으면, 제법 떨어진 우리 집에서도 고양이 냄새를 맡을 수 있었으니까.

캣 레이디는 고양이들에게 운동할 기회를 주기 위해 집의 독특한 구조를 이용했다. 뾰족한 지붕이 리버로드에 면한 다른 집들과 달리 그녀의 집은 T자형으로 그 부분에 가로대가 있었다. T자의 수직 부분은 2층 구조로 지붕이 거의 평편하게 뒤쪽으로 완만하게 기울어서 4.5미터 아래가 뒷마당이었다. 집 중심부의 박공형 창문 두 개가 지붕이 납작한 날개 쪽으로 나 있었고, 날씨가 좋으면 그녀는 이 창문들을 열어서 고양이들이 지붕에 나가 신선한 공기를 마시고 달빛을 받게 했다. 고양이들이 일광욕은 하지 못했다. 캣 레이디가 낮에는 고양이들을 내놓지 않아서였다. 이웃들이 고양이 수를 정확히 파악해서 공중보건 당국 관료들이 조치를 취하게 할까봐 걱정했기 때문이리라.

우리 중 누가 먼저 아이디어를 냈는지 모르겠다. 난 처음에는 이 계획에 반대했다. 내 용기 부족과 머트의 기술을 조롱당한 끝에 결국 찬성했다.

작당한 인원은 다섯 명이었고 여름방학이 끝나갈 즈음, 만족스럽게 어두운 밤을 골랐다. 수월하게 사다리를 들고 뒷골목을 내려가, 캣 레이디의 부서진 울타리로 들어가서 끄트머리 벽에 사다리를 걸쳤다.

머트도 문제가 없었다. 고양이 냄새가 너무나도 강하게 머트의 코를 자극했고, 머트 역시 동네 개들처럼 이 고양이 부대를 잡을 방법과 수단을 한두 시간 궁리한 게 아닐 테니.

머트는 다람쥐처럼 민첩하게 사다리를 올라갔지만, 지붕에 도착하자 발톱으로 양철 지붕널을 긁는 바람에 소리가 났다. 우린 조심조심 골목으로 물러나 일이 벌어지기를 기다렸다.

머트는 곧바로 고양이와 마주쳤다. 갑자기 부산스런 움직임이 일고 절망적인 비명이 터지더니 뭔가 마당에 쿵 떨어졌다. 즉시 소름 끼치는 밤이 되었다. 지붕에 있는 고양이가 스무 마리 정도였고, 어둠 속에서 무시무시한 난장판이 벌어졌다.

캣 레이디는 강도나 남자 침입자를 극도로 겁내며 살았으니, 당장 최악의 상황을 예상했을 것이다. 그녀가 얼마나 요란하게 비명을 질렀는지, 사비니(중부 이탈리아에 거주한 고대 부족 - 옮긴이) 여인들이 모두 모여서 함께 소리쳤어도 이보다는 덜했을 것이다. 다른 요소도 있었던 것 같다. 이제 와서 돌아보면, 소망을 갈구하는 마음을 제대로 표현 못한 소리였다.

우린 그런 격렬한 반응을 예상하지 못해서 겁을 먹고 각자의 집으로 피신했다. 머트와 사다리를 버려둔 채로. 그런데 나는 중간쯤 갔을 때 양심이 찔렸다. 걸음을 멈추고 다시 현장에 가려고 마음을 다지는데 머트가 신이 나서 내게 다가왔다. 낙심한 기미가 전혀 없고, 주먹코에 길쭉한 상처가 네 개나 났는데도 오히려 은근히 만족하는 눈치였다. 머트의 입장에서 이 밤마을은 상당한 성공이었다.

딱한 캣 레이디와 어쩌면 곧, 그리고 아마도 곧 현장에 도착한 두 경찰관을 제외하면 모두의 입장에서 성공이었다.

경관 한 명이 현관문을 두드리기 시작하고 다른 경관은 도주하는 강도를 낚아챌 심산으로 집 뒤편으로 갔다. 그는 사다리를 발견했지만, 고양이들이 서둘러 집을 버리고 우르르 내려오는 통에 사다리를 오르는 데 어려움을 겪었다.

다음 날 신문에 사건을 다룬 짧은 기사가 실렸지만 머트의 역할은 전혀 주목받지 못했다. 무시당한 걸 알았대도 머트는 개의치 않았을 것이다. 다음 주 내내 머트와 동네의 다른 개들은, 지붕으로 달아나거나 경관이 캣 레이디의 현관문을 열었을 때 빠져나온 고양이들을 사냥하느라 즐거웠다.

경관들은 사건 주동자인 우리를 찾아오지 않았다. 경찰은 '알 수 없는 한 명이나 다수'가 침입을 시도했지만 경찰의 신속한 대처로 저지당했다고 결론 내렸다. 도움이 되는 목격자가 없어서 곧 수사가 종결되었다. 이웃 모두 수사에 도움이 될 만한 걸 보지 못했노라 맹세했다.

가끔 궁금증이 생기는 일이 있었다. 사건이 일어나고 딱 1주

지나서 캣 레이디의 옆집 남자가 나에게 신제품 22구경 라이플 총을 선물했다. 그 전에 말을 나눈 적도 없는 사람이었다.

9
아버지의 배

아버지는 서스캐처원 평원에 거주하면서 거의 모든 면에서 만족했지만, 그럼에도 서부에서 충족 못하는 갈증 한 가지가 있었다.

새스커툰에 오기 전 아버지는 늘 광활한 오대호(북미 대륙의 대형 호수 다섯 곳. 슈피리어 호, 미시간 호, 휴런 호, 이리 호, 온타리오 호 - 옮긴이) 주변에서 살았고 아주 어려서부터 그 호수들 위의 뱃사람이었다. 이것은 그저 비유적인 표현이 아니었다. 아버지는 퀸트 만(캐나다 동남부 온타리오 호의 일부 - 옮긴이)의 잔잔한 물 위, 초록색 카누에서 자신이 잉태되었다고 말했으니까. 아버지는 진정으로 물을 사랑했다.

새스커툰에서 보낸 첫해, 아버지는 서부가 제공하는 수많은 새로운 경험의 무게 속에서 항해에의 갈망을 누를 수 있었다.

하지만 대평원에서 맞이한 두 번째 긴 겨울 동안 아버지는 꿈을 꾸기 시작했다. 저녁 식탁에 앉으면 몸만 어머니와 나와 있을 뿐, 가슴으로는 넬슨 제독의 배에서 건빵과 소금에 절인 쇠고기를 먹었다. 호주머니에 말린(굵은 밧줄 끝을 동여 감는 가는 밧줄 - 옮긴이)을 갖고 다녔다. 도서관 사무실에 온 손님들은, 아버지가 대평원 마을들에 도서를 배급하는 문제에 대해 말하면서 정신이 딴 데 팔려 갖가지의 선원식 매듭을 지었다 풀었다 하는 모습을 흥미롭게 지켜봤다.

어머니와 나는 아버지를 알고, 아버지가 무언가를 꿈꾸는 데서 만족할 사람이 아님을 알았다. 그래서 아버지가 배를 사서, 뱃사람이 가뭄에 시달리는 서부 평원에서도 성취감을 찾을 수 있음을 증명하겠다고 선언했을 때도 우린 놀라지 않았다.

난 의구심을 가졌다. 바로 이전 여름, 주도인 리자이나를 여행하면서 와스카나 호수의 기슭에서 몇 시간을 보낸 적이 있다. 와스카나는 자연이 아닌, 아버지 같은 사람들이 만든 인공호였다. 요트 클럽 두 군데가 있고, 작은 범선 열두어 척이 있었다. 하지만 호수에 물이 마를 수도 있었다. 여름 더위에 널빤지 이음매가 벌어진 모습으로, 태양빛에 말라붙은 호수 바닥에 덩그러니 앉은 소형 선박들처럼 애처로워 보이는 게 있을까. 그 계획을 들었을 때 난 와스카나 호수를 떠올렸고, 아버지 또한 틀림없이 그 유령 같은 호수를 기억하리라 짐작하고 육지에서 항해할 생각이냐고 물었다. 바퀴를 달고?

난 저녁밥도 안 먹고 일찍 잠자리에 들었다. 도와주려고 물었던 건데 속이 상했다.

몇 주 후 아버지는 배를 구입했다. 4.8미터 길이의 카누로, 불운하게도 서스캐처원의 건조한 중심부로 떠내려왔다. 당분간 집 지하실에 보관되었을 때는 작고 초라해 보였지만 이후 무척 튼튼한 소형 선박임이 증명되었고, 아직도 매년 여름 나와 항해하고 있으며 금년에도 똘똘하고 기운차게 활약하고 있다.

아버지는 겨우내 배를 손질했다. 애정 가득한 손길로 말끔하게 리보드(범선이 바람에 밀리지 않게 하는 장치 - 옮긴이), 물막이판, 닻, 키잡이노, 노 한 벌을 만들었다. 어머니의 재봉틀로 몬트리올에서 주문해온 최고급 이집트산 면직물을 박아 돛을 만들었다. 카누 자체로 말하자면, 옆면을 연마용 쇠수세미로 문지르고, 유리로 긁어내고, 측면이 거울 표면처럼 매끈해질 때까지 페인트칠을 반복했다.

그리고 나서 마지막으로 밝은 초록색 페인트를 칠하고 배의 이름을 '콘셉시온'으로 짓는 간단한 명명식을 했다. 아버지는 필리핀 제도의 어느 섬 이름을 땄다고 말했다.

5월 초 어느 날 배가 진수되었다. 나는 아버지를 도와 배를 25가 다리 옆쪽 물가로 옮겼고, 도중에 흥미를 느낀 사람들이 우리를 따라왔다. 대초원 횡단 포장마차의 시절 이후 새스커툰

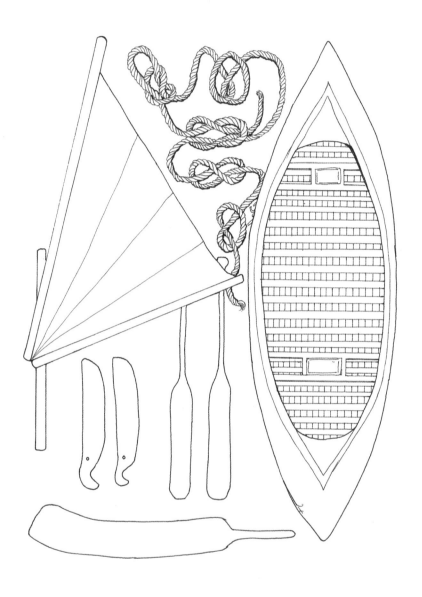

에서 종류를 막론하고 배의 첫 등장이었다. 그러니 '콘셉시온' 은 사람들의 눈을 끄는 처녀의 자격이 있었다.

아버지가 돛대를 세우고 카누의 첫 출항을 준비할 때, 구경꾼 이 점점 늘어났다. 머리 위로 다리의 난간이 늘어선 인파로 까 매졌다. 아버지가 내게 고개를 끄덕이고 준비가 되었다고 말하 자 구경꾼들은 모두 잠잠하고 무척 엄숙했다. 나는 콘셉시온 호 를 강으로 밀었다.

초봄이었고 서스캐처원 강은 여전히 물이 많았다. 아버지는 물에 대해 모든 걸 알았고(그렇다고 믿었고), 퀸트 만과 남부 서스캐 처원이 다른 점이 많을 줄은 꿈에도 몰랐다. 산들바람이 제법 불자 갈색 수면이 출렁대면서 물 밑의 거센 소용돌이를 감추었 다. 한편 다리 위의 구경꾼들은 봄철 대평원 강의 특징을 익히 알기에, 아버지와 콘셉시온 호가 강으로 떠가는 광경을 침묵 속 에 바라보면서 다들 암울했을 것이다.

다리로부터 100~200미터 상류에서 배가 진수되었지만, 아 버지가 배를 잘 정돈하고 눈을 들어 주위를 보니, 다리의 위치 가 이해할 수 없게 달라져버렸다. 이제 다리는 몇백 미터 뒤에 있었고 겁나는 속도로 멀어졌다. 아버지는 극도로 분주해졌다. 방향을 바꾸려고 돛 위로 뛰어 올라가 돛 아래를 묶는 밧줄을 끌어당겼다.

내가 구경꾼들과 서 있는 다리 난간에서 놀람과 감탄이 섞인 탄성이 터져 나왔다. 구경꾼 대부분이 항해하는 선박을 본 적이 없어서 늘 돛은 구식이고 지독히 느릴 거라고 짐작했다. 그들은 새로운 사실을 알게 되었다.

콘셉시온 호가 이상하게 움직이고 있었다. 물살이 바람보다 세서 배가 방향을 제대로 바꾸지 못했다. 배는 약 12노트로 미끄러지듯 하류로 내려갔다. 이처럼 가벼운 바람에서는 속력이 5노트도 되면 안 되었고 아버지도 그걸 알았다. 아버지는 해류에 대해 이해하기 시작했다. 노를 꺼내 거의 미친 듯이 저어 뱃머리를 상류로 돌리려 했다. 결국 성공했지만 이즈음 아버지와 콘셉시온 호는 멀리 강 위에서 급속히 작아지는 점이었다.

다리에서 내 옆에 선 몇 사람은 아버지가 수백 마일 하류에 있는 프린스앨버트 타운에 도착할 시간을 두고 내기를 했다. 하지만 아버지는 프린스앨버트에 가고 싶지 않을 터였다. 이제 아버지는 무섭게 각오를 다지면서 지금까지 써본 적 없는 기술을 동원해 카누를 조종했다. 아버지는 간절히 새스커툰으로 돌아가고 싶었다.

콘셉시온 호는 물레방아를 돌리는 거품 가득한 물줄기에 뜬 널빤지처럼 흔들렸다. 고동치며 지그재그로 나아갔고 계속 머리를 상류 쪽으로 향하고 마녀처럼 달렸지만 점점 우리의 시야에서 사라지다가 마침내 환한 북쪽으로 완전히 자취를 감추었다.

내 옆에 있던 사내가 손목시계를 힐끗 보더니 동행에게 말했다.

"11시군. 물론 속도가 좀 느려지고 저런 식으로 뒤로 가겠지만, 내 짐작에는 프린스앨버트 다리에 저녁밥 때나 당도할 걸세. 거기에 50센트 걸지."

하지만 그는 돈을 잃었을 것이다. 아버지와 콘셉시온은 프린스앨버트에 가지 않았으니까. 새스커툰 아래 16킬로미터 지점에서 좌초되는 행운이 따르지 않았다면 프린스앨버트까지 갔을지도 모른다. 아무튼 자정 무렵 멍한 말 두 필이 끄는 농장 마차를 타고 아버지와 배가 귀가했다.

아버지가 좌절에 빠진 것은 아주 잠깐이었다. 다음 날 아침 식탁에서 아버지가 말했다.

"마음 쓸 것 없어. 봄 홍수가 지나갈 때까지 기다렸다가 그때 보자."

하지만 홍수가 지나는 것으로 다 된 게 아님을 알게 되었다. 남부 서스캐처원은 정상으로 복귀했고, 그것은 진흙 모래톱이 넓어지고 여기저기 갈색 물웅덩이가 생긴다는 뜻이었다. 몇 군데 괜찮은 곳도 느리게 흐르는 실개천에 불과했다.

그 풍경을 보면 누구나 낙심했겠지만 아버지는 달랐다. 아버지는 패배자가 되기를 거부했다. 나름의 계획을 세웠고 강은 거기에 부응해야 될 터였다. 그게 아버지의 방식이었다.

아버지의 계획은 내게도 썩 좋았다. 우린 빌렸던 주택을 닫아걸고 예선의 카라반을 타고 시내에서 남쪽으로 16킬로미터 떨어진 '새스커툰 골프&컨트리클럽'으로 옮겨갔기 때문이었다. 여기, 숲이 우거진 서스캐처원 강변에 우린 여름 거처를 마련했다.

남자애가 여름을 보내기에 딱 맞는 곳이었다. 강바닥에 웅덩이가 여럿 남아서 수영 비슷한 거라도 할 수 있었다. 순수한 대평원이 펼쳐졌고 거기에 코요테 굴이 있고 단아한 신사들이 골프공을 땅다람쥐 구멍에 넣었다. 또 겨우 몇 킬로미터 거리에 인디언 보호구역이 있었다.

여름방학이 시작되자 나는 자유로운 시간을 만끽했지만 아버지는 매일 시내로 출퇴근해야 했다. 차로 쉽게 오갈 수 있었지만 아버지는 수로를 이용할 '계획'을 세웠고, 자연환경이 협조하지 않는다는 만류도 소용없었다.

첫 월요일 오전 7시, 아버지와 콘셉시온은 호기롭게 출발했고 자신만만했다. 하지만 그날 저녁 친구의 자동차에 타고 끌려서 돌아왔다. 아버지는 무척 지쳤고 그날의 모험에 대해 별로 말하지 않았다. 몇 년 지나고서야, 사실 새스커툰까지의 16킬로미터에서 12킬로미터를 수심이 낮은 곳에서는 콘셉시온을 끌고 모래톱에서는 어깨에 걸머지고 걸었다고 내게 털어놓았다. 모래톱인 줄 알았는데 알고 보니 유사여서 잠시 신나는 막간이 있었다지만, 아버지는 시시콜콜 말하지 않으려 했다.

이후 며칠간 아버지는 현명하게도, 하지만 내키지 않아 하면서 어들리를 타고 통근했다. 그러다가 남부 어딘가에 비가 내렸고 강의 수위가 몇 인치 상승했다. 다시 어들리는 뒷전이 되었고 콘셉시온이 총애를 받았다. 이후 몇 주간 아버지와 콘셉시온은 여러 모래톱과 말라붙은 수로들의 신비를 터득하게 되었다. 그리고 모든 사람이 놀라운 가운데 아버지는 배를 타고 출근하는 데 성공하기 시작했다. 여전히 노를 저을 수 있는 지점까지 걸어가야 했지만, 최소한 배를 끌고 사람들 앞을 지나는 굴욕은 면했다. 제법 깊은 수로가 도심을 지나는 덕에 아버지는 마지막 몇 킬로미터는 노를 저어서 베스버러 호텔 근처의 선착장에 하이아워서(인디언의 영웅 - 옮긴이)처럼 위엄 있게 접어들 수 있었다.

아버지는 퇴근할 때까지 콘셉시온을 강변에 두지 않고 도서관 건물로 가져갔다. 처음 몇 번은 초록색 카누를 어깨에 우아하게 균형을 잡아 메고 아침 출근길 속을 지나자 몇몇 보행자가 한소리씩 했다. 하지만 1~2주가 지나자 사람들은 눈길을 주지 않았고, 극히 보수적인 얼음마차 말 몇 마리를 제외하면 다들 무관심했다. 아버지와 콘셉시온은 평범한 동네 풍경의 일부가 되었다.

머트도 자주 아버지와 콘셉시온에 올라 강을 내려갔다. 머트는 곧 필요한 균형 감각을 익혀서, 발을 좁은 앞갑판에 걸치고 뱃머리에 서서 개의 모습을 한 석상처럼 가만히 있었다. 자세민 취하는 게 아니라 배가 얕은 물이나 숨겨진 모래톱에 다가가면 경고를 하려고 그렇게 서 있었다. 의도는 좋았으나, 머트는 악명 높은 근시여서 항해사로서 역량이 변변치 않았다. 또 '물을 읽지' 못했다. 머트는 물에 잠긴 통나무로 착각한 물살 때문에 한바탕 혼이 난 후, 배가 심하게 좌초되면 허공을 차분히 바라볼 때가 많았다. 배가 속도를 내어 달리면 머트는 배 밖으로 날아가 흙탕물에 얼굴이 처박히곤 했다. 하지만 이런 사고를 잘 받아들였고 항해사의 임무로 복귀해서 한층 경계했다.

아버지는 강에서 (어느 정도) 노를 저을 수 있었지만 심술궂은 실개천은 활주할 기회를 주지 않았다. 아버지가 진심으로 갈망하는 것은 활주였기에 다른 강을 찾아볼 수밖에 없었다. 그래서 어느 주말 아버지는 새스커툰에서 수백 킬로미터 떨어져 있는 광활한 염수 소택지, 마니토우 호수에 가겠다고 발표했다.

마니토우는 세계에서 염분이 가장 많은 물로 꼽히고 콘셉시온은 염분이 많은 물에 맞게 설계된 배가 아니었다. 마니토우 호수에는 어울리지 않을 터였다. 우리가 호수에 띄우자 콘셉시온은 용골이 잠기지도 않은 채 빙판 위의 오리처럼 수면에 앉아 있었다.

아버지는 배가 물에 잠기지 않자 짜증을 내면서 바윗돌을 실어 억지로 물속으로 넣으려 했다. 측표까지 잠기도록 엄청나게 많은 돌을 실은 후 마침내 우린 배에 탔다. 그런데 배가 젤라틴 속에 뜬 콘크리트 관처럼 꿈쩍도 하지 않았다. 소금기 많은 물이 너무 걸쭉해서, 배의 날렵한 측면을 때리는 물소리가 들리지 않았다. 우리가 돛을 올리자 바람도 배에 영향을 주지 못했다. 카네기가 세운 새스커툰 공공도서관의 벽처럼 꿈쩍도 하지 않았다.

아버지는 콘셉시온의 무반응에 화가 나서, 어리석게도 밸러스트(선체의 안정을 유지하기 위해 배의 바닥에 싣는 모래나 물 - 옮긴이)를 버리기 시작했다. 큰 돌 대여섯 개를 배 밖에 던졌을 때 결국 배는 더 이상 견디지 못했다. 한 현연(뱃전의 두꺼운 널빤지 - 옮긴이)이 펄쩍 솟구치면서 다른 현연은 가라앉았고, 순식간에 우린 잔잔한 물 위에 떠 있는 반면 콘셉시온은 실린 돌들 때문에 천천히 우리 아래로 바닥을 향해 끌려갔다.

우린 위험하지 않았다. 가벼운 인체가 마니토우 호수 속에 가라앉는 것은 물리적으로 불가능했다. 반대로 몸이 잠기지 않아서 가까운 물가로 가기가 어려웠다. 우리가 3미터쯤 아래쪽에 있는 콘셉시온을 구하러 갔을 때 마니토우 호수의 특성이 심각한 문제를 일으켰다. 우리는 잠수할 수 없음을 알았다. 수면에서 30센티미터 이상 내려가지 못했으므로 그것은 소름 끼치는 경험이었다. 결국 아버지는 남태평양의 진주잡이 다이버처럼 돌이 가득 담긴 바구니를 갖고 물속에 들어가야 했다. 한 손에 바구니를 들고, 가라앉은 배에 가까스로 내려가서 옆 가름대에 밧줄을 맸다. 그러고 나서 생각 없이 바구니를 놔버렸다. 아버지는 파리를 쫓아 뛰어오르는 장난스런 연어처럼 물속에서 솟아올라 퍽 소리를 내며 수면에 떨어졌다. 콘셉시온의 행태 못지않게 수면에 떨어질 때의 아픔도 컸을 것이다.

하지만 결국 그 좌절감도 다시 항해하고 싶은 아버지의 집요함은 이기지 못했다. 그 기념비적인 해의 8월, 우리는 어들리에 카라반을 달고 콘셉시온을 지붕에 올린 채 항해할 만한 물을 찾아다녔다. 결국 적당한 곳을 찾았다. 멀리 북쪽, 프린스앨버트 뒤편의 뱅크스소나무 숲속에서 엠마 호수라는 곳을 찾았다. 맑은 호수에 맑은 물이 가득했고 온화한 바람이 불었다.

과거에 불운한 일이 너무 많았기에 우리는 전율하면서 콘셉시온을 띄웠다. 그런 다음 배에 올라서 돛을 올렸다.

서부 대평원을, 그리고 오직 그곳만을 영광스럽게 하는 날이었다. 하늘은 수정처럼 맑고 무한히 펼쳐졌고, 강한 햇빛은 호수의 수면을 찬란하게 빛나는 무수한 파편으로 조각냈다. 검은 제비갈매기 무리가 서풍에 실려 솔숲에서 우리에게 날아들어 콘셉시온의 돛을 가만히 부풀려 어떤 날개보다 아름답게 굴곡지게 했다. 배가 살아났다.

그날 우리는 항해했다. 내내도록. 빛나는 태양이 저 멀리 산불에서 피어오른 푸른 연기 뒤편으로 힘없이 사라지고 바람과 함께 가라앉아버릴 때까지. 우리가 조종한 작은 배의 날렵하고 섬세한 움직임은 그동안 당했던 괴로움을 상쇄하고도 남음이 있었다.

10

검둥오리호의 항해

새스커툰에서 아버지만 육지에 갇힌 뱃사람의 좌절과 갈증을 아는 게 아니었다. 도시에는 넓은 바다에서 추방된 이가 아주 많았고, 아버지는 직장 업무를 통해 그런 사람들을 알게 되었다. 도서관 서가에 꽂힌 선박 관련 장서는 현존하는 최고의 컬렉션들 중 하나로 꼽혔다. 배에 문외한인 아버지의 동료 직원 몇 명은 연중 구입 도서 목록에 해양 부문이 편애를 받는다는 편견을 갖기도 했지만 결국 수석 사서는 아버지였다.

아론 풀은 아버지의 해양 서적 취향을 높이 사는 사람이었다. 쇠약하고 얼굴이 독수리 상인 왜소한 사내로 30년 전쯤 매리타임 주(캐나다 대서양 연안과 세인트로렌스 만에 걸친 뉴브런즈윅 주, 노바스코샤 주, 프린스에드워드아일랜드 주 - 옮긴이)에서 이주했다. 그는 29년간 선박 용골 밑의 짭짤한 물의 소리와 감촉을 그리워하며 살았다. 뉴브런즈윅 주 내륙 출신이며, 사실 거기에 사는 동안 거룻배보다 큰 배를 타고 바다에 나가본 적이 없었지만 아론은 다르게 느꼈다. 대평원에 유배 온 매리타임 주 출신으로서 북대서양의 유명한 뱃사람의 피가 흐른다고 믿었다. 29년이 흐른 후에도 과거에 벌어진 좋은 기억들을 간직할 수 있었다. 아론은 기억력이 뛰어나서, 루넌버그(캐나다 노바스코샤 주 남동부의 항구도시 - 옮긴이)에서 출발해 그랜드뱅크스로 항해했던 시절의 경험담을 몇 시간이나 말할 수 있었다. 캐빈 보이(1·2등 선실이나 고급 선원 담당 급사 - 옮긴이)로 시작해 능력 있는 선원이 되었고, 그러다가 항해사가 된 후 마침내 해안에서 가장 날렵한 낚시 스쿠너의 선장이 되었다고 했다.

세월이 흐르면서 바다로 돌아가고 싶은 욕망이 점점 커졌고, 마침내 69세인 1926년 그는 갈망을 실천하기로 결정하고 직접 배를 건조하기 시작했다. 딸들을 결혼시키고 사업체를 팔고, 아내를 캘리포니아로 보낸 후 진짜 중요한 일에 착수했다. 배를 몰고 새스커툰에서 뉴브런즈윅까지 갈 예정이었다. 그는 여정 전체를 항해하려고 마음먹었다. 목적지까지 중간에 3,200킬로미터에 달하는 내륙이 있다는 지리상의 장애에도 불구하고. 아론은 장애물을 용납하지 않는 부류였다.

아론은 직접 배를 설계했고 5번가에 있는 자택의 지하실을 배 작업실로 바꾸었다. 용골이 마련되자마자 친구들은 그를 생각하여 그 토대로는 완전한 배를 완성하지 못할 거라고 지적했다. 하지만 아론은 먼 미래에 닥칠 문제들로 동요되지 않으려 했다.

우리가 새스커툰으로 이사한 무렵 아론과 배는 몇 년째 웃음 거리였다. 술집에서 배의 이름만 나와도 웃음이 터졌고, 100번 도 넘게 같은 농담을 들은 사람도 또 웃었다. 배 이름을 '검둥오 리'로 짓기로 결정한 걸 보면 아론이 사람들을 무척 경멸했음을 알 수 있었다.

그는 불만스런 어조로 언성을 높이곤 했다.

"그게 뭐 어때서? 검둥오리야말로 똑소리나는 새인 걸. 물속 에 들어가야 될 때를 알지. 헤엄쳐야 될 때를 알고. 날지 못한다 고? 배가 날기를 바라는 사람도 있나?"

아론의 말투나 목공 솜씨나 투박하긴 매한가지였다. 지독히 거칠었다. 그는 배에 끝없이 공을 들였지만 지식도 없고, 솜씨 는 그보다 더 없었다. 인내심이 강하지도 않았다. 인내심이야말 로 배 건조에 필수적인 덕목인데. 배의 제작 과정을 보는 특권 을 누린 이들이 배의 이름을 다시 지을 만도 했다. 그들은 '퍼티 putty(물이나 가스가 새는 것을 막기 위한 접합제 – 옮긴이) 공주'라고 불렀다.

그러고도 남을 만했다. 배의 널빤지들은 옆의 널빤지와 맞아 떨어지지 않았다, 혹시 우연히 맞는 경우가 있었는지 모르지만. 검둥오리호가 제작되는 동안 아론이 자재를 구입한 '블랜딩 철 물점'이 퍼티 판매로 큰 이익을 냈다는 소문이 돌았다.

아버지와 아론이 만난 무렵 검둥오리호는 거의 완성 단계였다. 길이 8.4미터, 바닥이 평편했고, 짐배처럼 윤곽선이 뻣뻣하고 어색했다. 검둥오리호는 출생지를 떠나기도 전에 용골의 양 끝이 처졌다. 철제 스크루로 붙였지만 배가 진수되기도 전에 녹이 났다. 선체의 갈라진 틈과 이음매로 하루에 퍼티 4리터씩을 들이부어도 다음 날 아침에는 퍼티의 흔적도 보이지 않았다.

하지만 여러 가지 착오가 있어도 검둥오리호는 선박이었고, 새스커툰에 선보인 가장 큰 배였다. 아론은 배의 문제를 찾을 수 없었다. 만든 사람의 애정 때문에 맹목적인 것은 아니었다. 이 배의 의문점들을 아는 아버지도 배의 단점을 인정하지 않았다. 이 배는 아버지의 꿈이기도 했으니까.

어머니와 나의 예상대로, 3월 어느 날 아버지는 여름에 도서관을 휴직하고 아론을 도와 검둥오리호를 몰고 핼리팩스에 가겠노라 선언했다.

새스커툰은 이 프로젝트에 초미의 관심을 보였다. 검둥오리호의 항해 성공 가능성을 두고 각계각층에서 열띤 논쟁이 벌어졌다. 상공회의소는 그런 기관 특유의 긍정적인 시각으로 이 모험을 보면서 '어머니 서스캐처원이 자녀들의 곡물을 세계시장에 내놓을 때 이용할 대형 화물 바지선들을 선도하는 개척자의 행보'로 조망했다. 한편 두 철도 회사의 관리들은, 짭짤한 곡물 수송 사업에 경쟁자로 부상할 가능성을 무시하면서 검둥오리호를 조롱했다.

하지만 대체로 시민들은 새스커툰이 해상 선박의 모형이라는 사실에 자부심을 느꼈다. 항로가 표시된 지도와 도중에 항해자들의 눈을 끌 풍광에 대한 설명서가 발간되었다. 지도를 보면 쿡 선장의 세계 일주를 포함해 가장 독특하게 시도되는 항해 중 하나임이 확실했다. 목적지에 도착하려면 검둥오리호는 남서 스캐처원 강을 따라 북쪽으로 가다가 강이 북쪽 지류와 만나는 지점에서 동쪽으로 방향을 틀어 레이크 위니펙으로 들어가야 했다. 거기서 항로는 남쪽으로 변해서 매니토바 내해를 벗어나 레드리버 강으로 향해 미국 영토로 들어갔다. 미네소타 강줄기를 타고 세인트폴까지 계속 남하하면 미시시피 강의 상류를 만나고, 그 거대한 강줄기에서 멕시코 만으로 향했다. 나머지 여정은 계속 직진해서, 플로리다를 돌아 대서양 연안을 올라가서 세인트로렌스 만까지 이어졌다.

출항 시각(지역신문에 '모왓과 풀, 아침나절에 출항'이라는 제목의 기사가 대문짝만하게 실렸다)은 6월 중순 토요일 오전 8시, 출발 지점은 강으로 나가는 주요 하수구 근처 갯벌로 정해졌다. 하지만 실제 진수는 하루 연기되었다. 아론이 검둥오리호를 자택 지하실에서 끌어내는 데 난항을 겪으리라는 예언이 현실이 되어서였다. 결국 불도저를 동원해야 했고, 아론은 진정한 모험가답게 개의치 않는 태도로 배를 끌어낼 수 있게 집의 동쪽 벽면 전체를 뭉개버리라고 지시했다. 출항을 구경하러 모인 사람들은 처음에는 출항이 연기된 데에 실망했지만, 사전 눈요깃거리에 만족하고 다음 날의 구경에 대한 기대를 안고 저녁에 집으로 돌아갔다.

아버지와 아론은 마침내 배를 트레일러에서 떼어 서스캐처원 강에 띄웠다. 구경꾼들이 없어서 감사했다. 배는 수면에 뜨는 척도 하지 않았다. 곧 진흙 바닥에 빠졌고, 좋아하는 진창에서 구르는 늙은 물소마냥 흐뭇하게 꾸르륵 소리를 내면서 누웠다.

그들은 도리 없이 배를 다시 물가로 끌어내어, 밤새 너울대는 석유등 불빛 속에서 작업했다. 동틀 무렵 검둥오리호의 벌어진 이음매들에 5킬로그램 정도의 퍼티와 참죽나무 쐐기가 투입되었다. 그들은 아침식사 전에 다시 진수했고 이번에는 배가 물에 떴다.

그 일요일 아침 교회마다 텅텅 비었고 수많은 구경꾼이 하수구가 있는 쪽의 강변에 늘어섰다. 갯벌은 정신없이 분주했다. 아버지와 아론은 항해 용어로 지시를 쏟아내며 뛰어다녔고, 서로 소통이 되지 않자 점점 답답해졌다. 배는 얌전히 기다렸지만, 우리 구경꾼들은 배가 큰 모험에 나설 채비가 안 됐다고 느꼈다. 갑판이 일부분만 마무리된 상태였다. 돛은 아직 걸리지도 않았다. 키 부속품은 도착 전이었고, 키는 짐 포장용 철사로 만든 견인 고리로 선미에 어정쩡하게 매달려 있었다. 하지만 적어도 배는 화려했다. 아론은 출항을 서두르느라 특수 선박용 에나

멜이 배송될 때까지 기다리지 못하고, 작업장에 나뒹구는 페인트 통에 남은 페인트를 바닥까지 긁어서 도색했다. 그 결과 눈을 끌지만 촌스러운 색이 되었다.

아론과 아버지 둘 다 밤새 서로를 존중하며 일했는데 아침이 밝자 화물을 선적하는 기술적 문제를 감당할 여력이 없었다. 갯벌에 준비물과 장비가 산더미같이 쌓여서 그것들을 옮기려면 검둥오리 사단이 필요할 터였다. 선장과 항해사는 계속 언쟁을 벌였고, 그 덕에 구경꾼들은 몇 시간이 지나고 출항의 기미가 보이지 않아도 지루하지 않았다.

구경꾼들의 인내심은 종종 보상을 받았다. 아론이 지역 낙농가가 선물한 25킬로그램에 육박하는 치즈 덩어리를 놓치는 바람에 치즈가 하수구에서 나온 물에 쓸려 들어갔을 때가 그랬다. 구경꾼들은 흥분했다. 아론은 갯벌에서 펄쩍펄쩍 뛰면서 항해사에게 물에 들어가 치즈를 건지라고 지시했지만, 항해사는 내놓고 반발했고 두 소년의 신속한 조치로 상황이 마무리되었다. 아이들은 들고 있던 낚싯대를 떠내려가는 치즈에 걸어 다시 물가 쪽으로 끌어냈다. 아이들은 손으로 치즈를 만지려 하지 않았고 그건 누구나 마찬가지였다. 검둥오리호가 출항하고 한참 후까지 치즈 덩이는 외면당해 갯벌에 덩그러니 놓여 있었다.

이런 과정에서 머트가 두각을 나타냈다. 머트는 승선할 예정이었고, 진수를 앞둔 흥분된 분위기가 무척 즐거웠다. 마침내 도와주는 사람들이 배를 강물에 띄우자 머트는 앞갑판에서 놀라운 자세를 취했고, 수하물 과적으로 배가 우현으로 홱 돌면서 흔들려 짐들을 팽개쳤을 때 머트는 맨 먼저 물에 빠진 갑판 수하물들 속에 있었다.

검둥오리호는 다시 한 번 갯벌로 돌아왔다. 머트는 배에 실을 자리가 없어서 점점 더 버려지는 짐 더미 밑으로 물러갔다. 녀석이 질색한 것은 하수도 물이 아니라 구경꾼들의 무정한 웃음소리였다.

정오 직전 마침내 배가 출항했고, 당당한 자태로 뱃전을 돌려 뉴브리지의 아치 밑으로 들어갔다. 종이 상자의 바닥에서 빠져나온 물 먹은 빵 서른여섯 덩이도 같이 흘러갔다. 아론은 배 바닥에 난 구멍으로 빠진 상자를 집어 올려, 부주의하게도 경사진 후갑판에 올려놓고 말리려 했다. 그러다가 상자가 물에 빠졌다.

나는 자전거를 타고 해안 길을 1.5킬로미터 남짓 달려가면서 손을 흔들어 작별 인사를 하고 시내로 돌아왔다. 그리고 새스커툰 주민들과 함께 검둥오리호의 소식을 기다렸다.

신문은 기사를 제대로 게재하기 위해 능력을 발휘했다. 강에 떠 있는 뱃사공 전원을 특별 통신원으로 삼은 덕분이었다. 강에는 20킬로미터마다 배가 있었다. 모두 네모난 평저선으로 나무 날개가 물에 잠겼고, 이것이 물살을 받으면 큰 각도로 회전할 수 있어서 배를 앞뒤로 움직여 강을 건넜다. 수면 아래로 해안에서 해안까지 철제 케이블이 뻗어서 배들은 그것에 의지해 항로를 유지했다. 사공들은 대부분 농부여서 늘 오가는 강보다 넓은 수로에 대해서는 몰랐다. 그래서 이들을 찾아오는 신문사 직원(고향인 해안 마을을 떠난 사람이었다)은 각자 어떤 방식으로 뉴스를 보고해야 되는지 신중하게 알려주었다.

검둥오리호가 출발한 지 만 닷새가 지났는데도 사공의 보고가 한 건도 없자 우리는 살짝 걱정하기 시작했다. 그러다 금요일 밤에 처음으로 도심 남쪽 24킬로미터 지점에서 배를 부리던 사공이 흥분한 상태로 신문사에 전화를 걸었다. 그는 어둠 때문에 확실하진 않지만, 자정 직전에 어떤 물체가 그의 배를 휙 지나가면서 밧줄을 헝클었고, 밴조(미국의 민속악이나 재즈 연주에 쓰이는 현악기 - 옮긴이) 소리와 개 짖는 소리 속에서 항해와 관련해 상소리를 지껄이고 다시 떠났다고 말했다.

문제의 물체는 검둥오리호로 예측되었지만, 새벽에 그 수역에 급파된 기자는 검둥오리호의 자취를 찾지 못했다. 그는 차를 타고 강 하류로 내려가다가 마침내 강둑 위쪽 높은 곳에 사는 우크라이나인 가족을 만났다. 농부는 영어를 한마디도 몰랐고 부인은 아주 조금 알았지만 그녀는 최선을 다해서 설명했다.

그녀는 그날 아침 '뭔가' 확실히 봤다고 인정했다. 그리고 여기서 말을 멈추고 성호를 그었다. 그녀가 보기에 크고 화려한 관 같았는데 단지 사람의 시신 한 구가 들어가게 만든 건 아닌 듯했다. 처음 그걸 봤을 때 넓은 진흙 펄 위를 말과 개가 끌고 있었다. 그녀는 여기서 다시 성호를 그었다. 그 옆에서 벌거벗은 두 형체가 활보했는데 사람이었을 수도 있지만 그보다는 악마였을 것 같다고 말했다. 농부의 아내는 잠깐 생각에 잠겼다가 물의 악마들이라고 덧붙였다. 아니, 그녀는 관이 어떻게 됐는지 보지 못했다고 말했다. 한 번 힐끗 보고는 집으로 뛰어가 성화 앞에서 기도를 드렸다고 했다. 악마를 봤을 경우에 대비해서.

기자는 강으로 내려갔고 거기서 부드러운 진흙 바닥에 찍힌 행렬의 발자국을 발견했다. 두 사람의 맨발 자국, 깊이 파인 배 용골의 자국, 개 한 마리와 말 한 마리의 발자국. 발자국들이 모래톱을 지나 3.2킬로미터쯤 나 있다가 항해할 수 있는 물가에서 사라졌다. '모든' 흔적이 사라져버렸다. 말의 발자국을 포함해서. 기자는 이 이야기를 듣고 새스커툰으로 돌아왔지만, 본 것을 우리에게 알릴 때의 눈빛이 심상치 않았다.

검둥오리호가 시야에서 사라진 닷새 동안 실제로 겪은 일들에 대한 언급이 아버지의 항해일지에 거의 없다. 간결하고 때로 수수께끼 같은 내용만 들어 있을 따름이다.

'일. 1240hrs. 침수. 제발. 망할…… 일. 2200hrs. 퍼티 다 떨어짐. 진흙 시도. 무용지물…… 수. 1600hrs. 저녁거리로 물오리 쏨. 빗나감, 소가 맞음…… 목. 2330hrs. 키. 서쪽으로 사라짐. 지긋지긋! …… 금. 1200hrs. 말이 생겨 다행.'

그럼에도 이야기는 있다.

새스커툰을 출발하자 아버지와 아론은 다정해지고 들떴다. 5킬로미터를 가도록 그 분위기가 유지되었고, 그사이 항해가 제법 진척되었다. 배가 가라앉으려고 해서 해안으로 가야 했던 경우는 겨우 네 번이었다. 매번 이렇게 멈출 때마다 짐을 내리고 배를 뒤집어 물을 빼야 했다. 아론은 앞으로 그럴 필요 없을 거라고 줄곧 주장했다. 그는 아버지에게 말했다.

"곧 배가 제대로 될 거요. 배가 한동안 뜰 때까지 기다려봐요."

하루가 지나면서 처음의 훈훈한 분위기가 싸늘해졌다. 배에서 열두 번째로 내렸을 때 아버지가 날카롭게 말했다.

"배야 제대로 되겠죠. 그러기 전에 망할 놈의 강물을 다 빨아들이겠지만 말이죠. 그러고 말 겁니다!"

야영 준비를 할 즈음까지 운항 거리는 총 10킬로미터였고, 검둥오리호에는 남은 퍼티가 없었다. 그날 밤 선원들은 죽은 듯이 잤다.

월요일, 물을 빼는 난관이 없었다. 물이 없었으니까. 계속 모래톱이었다. 내륙을 여행하는 날이었고, 그들이 배를 끌고 3.2킬로미터를 갔을 때 해가 졌다. 이후 사흘간 비슷한 상황이 계속되었다. 머트는 모래가 발가락 사이에 끼어서 발이 쑤셨다. 배를 끌고 가다가 흑니토 위에서 연신 미끄러지고 자빠지는 바람에 아버지와 아론 모두 옷을 다 벗고 자연인으로 돌아갔다.

계속 배와 장비에 대해 새로운 사실들을 발견하면서 점점 심란해졌다. 새스커툰에 두고 온 괴물 같은 짐 더미는 스토브 연료, 엽총 총알[22구경 라이플 총알은 아니고(죄 없는 소는 안됐지만)]과 도끼였고, 가장 아쉬운 것은 자메이카산 럼주 세 병이었다. 알고 보니, 대부분의 부드러운 식품은 하수도 물에 젖어 먹을 수가 없었고, 젖은 담요 역시 쓸 수 없는 상태였다. 통조림에 붙은 상표가 모두 물기에 떨어져서, 반짝이면서 상표가 없는 두 개의 통조림이 콩과 돼지고기인 줄 알았는데 머트의 먹이였다.

항해일지에 이 나날들에 대한 기록이 별로 없을 만도 하다. 검둥오리호가 항해를 계속한 게 놀라울 따름이다. 그들은 항해를 이어갔고 목요일 저녁, 마침내 제법 항해할 만한 물을 만나는 것으로 보상받았다. 그 무렵 어스름이 내렸지만 항해사도 선장도 먼저 멈추자고 제안하려 하지 않았고 머트도 가만히 있었다. 그들은 둘 다 침울하고 말수가 없어졌다.

그들은 배를 밀어 마지막 모래톱을 지나, 어둠 속에서 하류로 미끄러져 내려갔다. 자정 무렵 어느 배의 밧줄을 엉키게 했고 키를 잃어버렸다.

키를 잃고 크게 걱정했지만 대수로운 일은 아니었다. 동이 트기 전 다시 배가 좌초했으니까. 이번에도 견인용 밧줄을 벗은 어깨에 대고 갯벌 위를 힘들게 끌어 간신히 배를 띄웠다.

시원찮은 아침식사를 조리하려고 잠시 쉬었고, 그때 아버지는 우연히 높은 강변을 올려다보다가 말을 보았다. 영감이 떠오르자 아버지는 벌떡 일어나 기뻐서 소리쳤다. 말 주인을 찾느라 타는 초원을 8킬로미터나 걸은 후 잠시 말을 빌리기로 하고 나서는 목소리가 나오지도 않았다. 아버지는 지쳐서 검둥오리호가 있는 강변으로 돌아왔다. 아론은 전에 없이 명랑하게 아버지를 맞이하면서 중대 발표를 했다.

"내가 이걸 찾았소, 앵거스!"

그는 소리치면서, 잃은 줄 알았던 소중한 술병을 높이 들었다.

이때가 여행의 전환점이었다.

정오 무렵 그 착한 말은 다시 물이 있는 곳까지 3킬로미터 넘는 갯벌을 배를 끌고 갔다. 아론이 배를 물에 띄우려고 말을 물가에서 떨어진 곳으로 가게 했다. 그가 견인용 밧줄을 풀려고 말을 정지시켰을 때, 아버지의 천재성이 다시 발휘되었다.

"여기서 말을 세울 필요가 있습니까?"

아버지가 물었다.

아론은 항해사에게 애정 어린 눈길을 던지면서 술병을 건넸다. 그가 말했다.

"아이고, 앵거스. 사서치고는 명석한 두뇌를 가졌소."

그래서 검둥오리호는 1마력의 영향력 아래 나아갔고, 강의 수심이 1미터가 안 되었기에 말은 이상한 역할을 어렵지 않게 수행했다. 이따금 깊은 구멍을 만나면 다시 발이 바닥에 닿을

때까지 헤엄을 쳤다. 또 수심이 낮아져서 새 모래톱을 만나면 검둥오리호의 승객들은 물가로 뛰어내려 말이 배를 끄는 것을 도왔다.

말을 이용하는 것은 뛰어난 즉석 해결책이었고, 위니펙 호수까지 충분히 갔을 테지만 도중에 홍수가 났다. 사실 위니펙 호수에 갔다면 두 사람은 거기서 익사했을 게 뻔하다.

토요일 오후에 비가 내리기 시작하자 아버지와 아론은 배를 해안에 대고 갯벌 위로 조금 끌어 올린 후 대형 방수포를 덮었다. 그리고 돛 아래로 기어 들어가 비가 그치기를 기다렸다. 말은 풀어놓아서 높은 강둑에 올라가 먹이를 찾아다니게 했다. 그사이 두 사람과 개는 피난처에서 개 사료 통조림을 먹고 럼주를 마시면서 아늑하게 쉬었다.

빗줄기가 점점 더 거세졌고, 이것은 겁나는 대평원 현상들 중 하나였다. 정말 느닷없는 호우는 세 시간도 안 되어 햇빛에 말라붙었던 새스커툰 인근 평원에 80밀리미터 정도의 비를 내렸고, 그것은 지난 3개월간의 총 강수량보다 많았다. 바닥이 빗물을 다 흡수하지 못해서, 서스캐처원 강 유역으로 가파른 작은 협곡들이 범람하며 성난 포효를 시작했다. 강물이 급격히 높아졌고, 물이 불어나면서 격렬하고 누렇게 변했다.

오후 5시 무렵 검둥오리호에 처음으로 심한 홍수가 들이닥쳤고, 선원들은 피난처에서 나올 새도 없이 물살에 휩싸여 엄청난 속도로 떠내려갔다. 키가 없고 노도 하나만 남아서 선원들이 쓸 만한 도구가 없었다. 며칠 전 아론은 모닥불 위로 차를 끓이는 냄비를 받치는 데 노를 쓴 후, 앉아서 생각에 잠기느라 노, 차, 모닥불을 까맣게 잊었다. 여전히 비가 내리쳤고, 그들은 성난 강을 잠시 놀란 눈으로 보다가 지혜롭게도 돛 아래로 물러나 술병을 주거니 받거니 했다.

7시쯤 빗줄기가 꾸준한 보슬비 정도로 잦아들었지만 범람한 물은 여전히 수위가 높아졌다. 새스커툰에서 검둥오리호의 소식을 애타게 기다리던 우리는 마침내 보답을 받았다. 신문사가 곳곳에 취재원을 둔 보람이 나타나기 시작했다. 강 전역에서 사공들의 보고가 속속 들어오기 시작했고, 소식들이 빠른 속도로 끊이지 않고 계속 들어오는 것 같았다. 신문사에 걸려온 전화는 이런 내용이 넘쳐났다.

특별한 소식

바닥짐을 싣고 새스커툰을 떠난 항해선 검둥오리호가 핼리팩스로 가던 중 오후 7시 43분경 인디언 크로싱에서 목격됨. 배가 빅아일랜드 모래톱에 충돌하지 않으면 코요테 크릭을 통과할 것임.

검둥오리호는 빅아일랜드와 코요테 크릭에 도착했다. 오후

7시 50분 바너스 포드에서 이 배가 지나갔다는 보고가 들어왔기 때문이다. 검둥오리호는 물에 빠진 소 두 마리와 동행해서 핼리팩스로 가는 중으로 예상되었다. 8시 2분, 배는 인디언 크로싱을 통과해…… 8시 16분, '싱크홀 페리'를 스치듯 지나갔고…… 8시 22분에 세인트루이스(미국 미주리 주가 아닌 서스캐처원 주의)에 나타나서…… 떠나갔다. 사공들이 질주하는 배에 '말을 걸려고' 해봤지만 검둥오리호는 대답하지 않았고 신호를 주고받으려 하지도 않았다. 검둥오리호가 너무 빨리 지나는 바람에 덕 레이크 인근에서 목격한 목동은 배 옆으로 다가가지도 못했다.

시내 신문사에서 기자들은 대형 강의 지도에 새로 보고된 위치를 표시했고, 계산자를 가진 누군가는 검둥오리호가 현재 속력을 유지한다면 엿새 후에 핼리팩스에 도착할 거라고 예측했다.

그날 저녁 9시경 달빛도 없이 강이 짙은 어둠에 싸이자 지켜보는 사공들의 보고가 들어오리란 기대가 없었다. 하지만 일요일 아침에는 다시 검둥오리호의 자취가 드러나리라 예상되었다. 새벽에 많은 사람들이 프린스앨버트에서 차를 몰고 강의 두 지류가 만나는 지점으로 달려갔다. 그곳을 지나는 검둥오리호를 보기 위해서였다. 그들은 헛걸음을 했다. 홍수가 지나고 강이 평소 상태로 돌아가 느릿느릿 흘렀지만 검둥오리호는 나타나지 않았다. 칠흑 같은 밤에 홀연히 사라져버렸다.

긴장하고 지친 상태로 일요일을 보내면서 우린 뉴스를 기다렸지만 무소식이었다. 마침내 아론의 사위가 캐나다 기마경찰대에 전화해서 도움을 구했고, 이 유명한 부대는 수색을 위해 정찰기를 띄우라고 명령했다. 일요일 해가 저물도록 비행기는 아무것도 발견하지 못했고 이튿날 새벽에 수색을 재개했다.

월요일 오전 11시, 새스커툰에 다음의 무전이 수신되었다.

검둥오리 펜턴 북서쪽 5마일, 리버뱅크 2마일 지점에 위치. 넓은 초지 중앙에 좌초되어 홀스타인 젖소떼에 완전 포위됨. 선원 전원 무사한 듯. 한 명은 밴조 연주, 한 명은 일광욕, 개는 소떼 쫓기 중.

감탄스러운 보고였고, 정확성과 기마대의 장기인 간결성이 잘 드러났다. 하지만 나중에 아버지가 지적한 대로 사연은 이게 전부가 아니었다.

머트, 아론, 아버지는 토요일 밤 내내 방수포 아래서 지냈다. 비가 그친 후에도 밖으로 나오지 않았다. 아버지는 용감하게 죽고 싶었고, 물이 불어 소용돌이치는 강에 대한 두려움을 무시하고 싶었다고 말했다. 아론은 두 번째 술병을 발견해서 그냥 있었다고 말했다. 머트는 평소처럼 평온을 유지했고.

일요일 아침 햇살이 강해지자 아버지는 아직 생존 가능성이 있기를 바라면서 돛을 밀치고 고개를 내밀어 살폈다. 눈앞에 놀라운 광경이 펼쳐졌다. 배는 열 시간이 안 되는 사이에 어찌어찌 위니펙 호수까지 와 있었다. 그는 어리둥절해서 사방에 갈색 물이 끝없이 펼쳐져 있는 이유를 달리 생각할 수 없었다.

나중에 오후가 되어 범람한 물이 빠지기 시작하고, 배 옆쪽으로 포플러나무 꼭대기가 나타나기 시작하자 환상의 일부는 사라졌다. 월요일 아침 깨어보니 배가 넓은 녹색 초원에서 호기심에 찬 소떼에 에워싸여 있자 환상은 깨끗이 사라졌다.

이제 검둥오리호의 항해자들은 여정 중 가장 행복한 순간을 누렸다. 배 안이나 밑에 물이 없었다. 모래나 진흙도 없었다. 햇살이 포근했다. 아론은 분실되었던 세 번째 술병을 찾아냈고 아버지는 인근 두호보르 주민에게 돼지 옆구리 살로 만든 베이컨과 집에서 구운 빵 다섯 덩이를 구했다. 머트는 소들과 시간을 보내고 있었다. 폭우에 피해를 본 항해자들이 닻을 내리기에 편안하고 아늑한 곳이었다.

목가적인 분위기는 수색기의 등장으로 망가졌고, 몇 시간 후 아론의 사위가 큰 빨간 트럭을 몰고 나타나면서 막을 내렸다. 회의가 소집되었고 아론의 무지막지한 반대에도 항해 종료가 선언되었다. 검둥오리호는 트럭에 실려 불명예스럽게 새스커툰으로 귀환했다.

아버지는 집에 무사히 도착하자 돌아와서 기쁘다고, 다시는 집을 못 볼 줄 알았다고 솔직히 인정했다. 여름이 끝날 때까지 아버지는 콘셉시온에 만족했고, 우리는 몇 주간 로터스 호수에서 성공회 소유의 해안과 밀포드 비어 팔러 사이를 오가며 행복하게 보냈다.

하지만 검둥오리호의 독특한 후일담이 있다. 이듬해 어느 가을날, 아버지는 핼리팩스에서 보낸 편지를 받았다. 우스꽝스런 작은 배(틀림없이 검둥오리호)가 유명한 루넌버그 '블루노즈 호'(캐나다의 경주용 배 - 옮긴이) 옆에 묶여 있는 사진만 달랑 들어 있었다. 사진 뒤에는 보라색 잉크로 큼직하게 '중도 포기자!'라는 묘한 문구가 적혀 있었다.

그 얼마 전 친구인 던 치숄름(새스커툰에 있는 철도 회사들 중 한 곳의 부소장)이 화물운송장을 보여준 덕분에 아버지는 그 편지가 불쾌하지 않았다. 운송장은 흥미로운 문건이었다. '새스커툰발 핼리팩스행 수하물'이 실린 무개화차를 출발시키는 내용이었다. 그리고 장난스런 직원은 운송장 하단에 무개화차의 명칭을 크게 적어놓았다.

'검둥오리 운송차'.

11

여행의 단편들

모왓 일가는 가만히 있으면 좀이 쑤시는 사람들이었다. 아니, 적어도 아버지는 그랬다. 어머니는 어디든 임시 집에서 조용히 지내면 만족했겠지만, 아버지는 늘 더 머나먼 지평선을 갈망했다.

새스커툰에 사는 동안 우리는 허드슨 만의 처칠부터 태평양 해안의 밴쿠버까지 여행을 많이 했다. 사서는 늘 보수가 적어서 우린 고생하며 여행했다. 하지만 그런 우여곡절 많은 여행에서 배운 교훈은 나중에 혼자 여행할 때 큰 도움이 되었다. 작가도 늘 보수가 적으니까.

그 여행들의 기억을 환기하면 모든 장면에 머트가 큼직하게 자리한다. 예를 들어 태평양 여행이 그러했다. 지금 돌아보면 머트가 중심에 있는 장면이 연달아 그려진다. 나머지 가족은 뿌연 흔적으로만 남아 있고.

1934년 6월 내 졸업시험이 끝나자 우린 여행길에 올랐다. 리버로드를 떠나면서 찍은 사진을 지금도 간직하고 있다. 사진을 보면 어들리에 얼마나 많은 짐을 지웠는지 경악스러울 정도다. 유리와 크롬으로 된 진열장 같은 요즘 차들은 그런 짐을 싣고 1~2킬로미터도 못 갈 것이다. 어들리가 그 일을 해낼 수 있었던 것은 5,000년간 인류가 완벽한 운송 수단을 만들려고 노력한 궁극의 결과물이어서였다. 모델 A(헨리 포드가 출시한 자동차 모델. 여덟 종을 출시한 후 포드사의 얼굴인 '모델 T'를 생산할 수 있었다 - 옮긴이)가 바퀴의 진화에서 정점이라는 데는 의심의 여지가 없다. 이 장엄한 정점 이후 자동차가 급속도로 무력한 기계의 악령으로 전락해서 아쉽다. 오늘날 전 세계 고속도로에서 사람들의 목숨을 앗아가는 기계가 되어버렸으니.

어들리는 악 소리가 나올 만치 짐을 싣고 우리를 먼산을 넘어 바다로 데려가려고 용감하게 출발했다. 스페어타이어에 대형 우산형 텐트가 묶이고, 콘셉시온은 지붕의 얇은 선반 위에 실렸다. 접이식 나무 침상 세 개가 앞쪽 흙받기에 매여 있고, 오른쪽 문 밑 발판(귀한 발명이지만 자동차가 대형화되면서 오래전에 없어진 부분)에 나무 책상자 두 개(대개 바다 관련 도서)가 실렸고, 왼쪽 문 밑 발판에 옷상자 두 개, 5갤런들이 가솔린 한 통, 스페어타이어가 실렸다. 그 외에 카누 돛대, 돛, 리보드가 있었다. 아버지의 뉴펀들랜드

문양 방수포와 방수모, 육분의, 스쿠너의 비너클(나침반 가대 - 옮긴이)과 나침반, 냄비와 프라이팬 등 어머니의 가재도구, 훅트 러그(삼베 등에 털실을 수놓아 고리로 만든 융단 - 옮긴이)를 만들 때 쓰는 천이 담긴 마대 자루, 내 땅다람쥐 덫들, 22구경 라이플총과 기본 장비가 담긴 캔버스 백까지.

어들리는 등이 휘어지게 짐을 지고 우리를 태워 시내를 통과해 가까운 늪지를 지났다. 늪지에서는 오리떼가 이미 새끼를 부화하고 있었다. 우리 행색은 스타인벡(미국의 소설가로, 대표작은 「분노의 포도」다 - 옮긴이)이 추방자들을 묘사한 모습 자체였을 것이다.

머트는 자동차 여행을 즐겼지만 얌전한 승객은 아니었다. 개와 어린 소년에게 흔한 현혹에 시달렸다. 오른쪽에서 내다보면 왼쪽에서 훨씬 흥미로운 일이 일어날 것 같은 기분. 게다가 머트는 앞자리가, 그리고 앞쪽을 보는 게 좋은지 뒤편 접이식 좌석이, 그리고 뒤를 보는 것이 좋은지 확신할 수가 없었다. 머트는 어머니, 아버지와 앞에 앉아 출발했고 나는 뒤쪽 접좌석에 앉았다. 그런데 8킬로미터쯤 달리자 머트와 어머니가 서로 옥신각신했다. 둘 다 바깥쪽에 앉으려 했고, 누구든 거기서 밀려나면 툴툴대고 으르렁대면서 밀어서 결국 자리를 차지하고 말았다.

출발한 지 한 시간도 안 되어 어머니는 인내심이 바닥나서 머트를 뒷자리로 쫓아냈다.

뒷좌석 탑승은 머트에게 이상한 일들을 일으켰고, 반류(고속 주행 중인 차의 뒤쪽 공기 흐름이 흐트러져 기압이 낮은 상태의 영역 - 옮긴이)의 압력하에서 공기를 들이쉬는 게 개의 신진대사를 방해했다고 짐작된다. 머트는 눈이 타올랐고 평소 침을 흘리는 개가 아닌데도 침을 흘리기 시작했다. 자주 앞발을 어머니의 뒷목에 대고 일어나 침을 흘렸고, 그게 심해지면 어머니는 개의 턱을 마구 찔렀다. 그러면 머트는 낮게 으르렁거리면서 돌아와 나한테 침을 흘리곤 했다.

하지만 머트는 산소를 잔뜩 들이마시면 뒤쪽 흙받기 너머로 점점 몸을 내미는 자세를 좋아했다. 그러다 차 안에 뒷발과 꼬리만 있고 나머지 몸은 밖에 있게 되었다. 위태롭게 균형을 잡은 채 코를 반류 속에 내밀면 귀가 바람에 펄럭였다.

대평원의 도로는 말할 수 없이 먼지투성이여서 곧 머트는 코와 귀가 막혀 거의 보지 못하고 20보 앞에 있는 죽은 소의 냄새도 못 맡았다. 상관없는 듯, 엉뚱한 자리에 있는 흉한 허수아비처럼 몸을 더 내밀었고 균형을 잃을 지경에 처하곤 했다. 그러면 내가 꼬리를 단단히 붙들어 사고를 막았지만, 한번은 잡는 힘이 약해서 머트가 순간적으로 공중으로 솟구쳐서 바닥에 떨어졌고 차는 계속 달렸다.

사고가 나자 우린 머트를 영원히 잃은 줄 알았다. 아버지가 차를 세울 즈음 머트는 100미터쯤 뒤에서 도로 가운데에 큰대

자로 엎어져 가련하게 비명을 질러댔다. 아버지는 최악의 상황을 예상했고, 딱한 동물을 당장 고통에서 벗어나게 해주는 방법밖에 없다고 결론지었다. 아버지는 차에서 뛰어내려 길옆에 있는 대장간으로 달려갔고, 몇 분 후 대장장이의 낡은 총을 흔들면서 돌아왔다.

아버지가 한발 늦었다. 아버지가 시야에서 사라졌을 때, 머트는 울타리 너머로 쳐다보는 암소 한 쌍을 보고는 냉큼 일어나 요란하게 쫓아갔다.

사고로 크게 다치지 않았지만 별것 아닌 일은 있었고, 난 가족 연대기에 이렇게 기록했다.

'머트는 너무 겁이 나서 바지에 볼일을 봤다.'

먼지 때문에 우리 세 사람은 모터사이클리스트가 쓰는 고글을 썼다. 어느 저녁 아버지는 너무 몰인정한 처사라며 머트도 같은 보호 장구를 갖추어야 된다고 결정했다. 그즈음 '엘보우'라는 전형적인 대평원 마을의 외곽에 접어들었다. 마을의 비포장도로는 평균적인 온타리오 시골과 같았고, 불모지에 정면에 널빤지를 댄 건물이 두 줄로 서로 마주 보고 있었다. 우리가 도착했을 때 아직 영업하는 가게는 잡화점밖에 없었다.

아버지와 머트와 내가 같이 상점에 들어가자 나이 든 직원이 안쪽에서 나왔다. 아버지는 운전자용 고글이 있느냐고 물었다.

노인은 오랫동안 뒤적이더니 마침내 자동차의 아주 초창기에 디자인되어 제작된 고글 세 개를 가져왔다. 쓸 만해 보여서 아버지는 군말 없이 머트에게 씌워보기 시작했다.

이 일이 진행되는 사이, 난 우연히 눈을 들었다가 점원과 시선이 마주쳤다. 그는 놀라서 얼어붙어 있었다. 가죽 같은 얼굴이 젖은 새미가죽처럼 늘어졌고, 벌어진 턱에서 담배를 피워 누레진 이가 우수수 빠질 것 같았다.

아버지가 이런 첫 반응을 보지 못한 채 잠시 후 벌떡 일어났고, 더 우스운 일이 벌어졌다. 아버지가 다른 고글을 집고 말했다.

"이거면 되겠습니다. 얼맙니까?"

아버지가 물었다. 그러다 문득 새스커툰을 떠나기 전에 면도도구를 챙기지 않은 기억이 나서 덧붙여 말했다.

"면도용 솔과 비누, 안전면도기를 살 수 있습니까?"

노인은 카운터 뒤로 갔다. 그는 울 것 같은 표정을 지었다. 몇 초간 야윈 손을 허공에 휘젓더니 입을 열었다.

그가 진짜 기도하듯 중얼댔다.

"아이고, 하느님! 설마 저 개가 면도도 하는 건 아니겠지요!"

머트의 독특한 두상 때문에 고글의 끈을 특별하게 만들어야 했지만 제법 잘 맞았고 녀석도 만족했다. 고글을 쓰지 않을 때는 우리가 불룩한 눈썹 위로 올려주었는데, 며칠 지나자 머트는 고글 올리는 방법을 터득했고 필요할 때 다시 내릴 줄도 알았다. 고글은 본래 목적 외에도 상상력이 부족한 행인들을 속이는

데 아주 그만이었다. 하지만 코를 보호해주지는 않아서 어느 날 머트는 시속 60킬로미터로 달려드는 벌을 만났다. 안 그래도 불룩한 콧방울의 왼쪽이 크게 부풀었다. 이 일이 아주 심하게 괴롭지는 않은 모양이었다. 머트는 그저 차의 오른쪽으로 옮겨갔다. 그런데 운이 따르지 않아 곧 다른 벌과 마주쳤고 이번에는 말벌이었다. 두 방 쏘인 결과는 기이했다. 이제 고글을 내리면 머트는 귀상어와 심해 다이버의 중간쯤으로 보였다.

서쪽 도로에서 맞은 이틀째 밤은 남부 서스캐처원의 스위프트 리버에서 보냈다. 스위프트 리버는 먼지 구덩이 지역의 중심부였고 길쭉하고 썰렁한 풍경이었다. 우린 너무 덥고 먼지투성이인데다 지친 상태로 북쪽 변두리로 접어들어, 지방자치단체에서 운영하는 여행자 캠프를 찾기 시작했다. 이 시절에는 모텔이 없어서 개인용 텐트를 치지 않으면, 가소롭게 '호텔'이라고 명명한 화장장 같은 비좁은 방밖에 없었다.

스위프트 리버가 자랑으로 여기는 지자체 여행자 캠프는 용감하지만 초라한 꼴로 인공 소택지 언저리의 공원에 있었다.

우리는 텐트를 치기 시작했고, 그것은 쉽게 익히기 힘든 특출한 솜씨가 필요한 일이었다. 곧 경찰관이 다가와, 우리가 선의의 여행자를 가장한 불량한 부랑아들이라도 되는 듯 의심스레 쳐다보았다. 우리가 텐트 치는 일을 도와달라고 부탁하자 그는 통명스럽게 굴었다.

그날 밤 가족 모두 신경이 날카로워져서 마침내 침낭에 들어갔다. 밤의 휴식이 기분을 풀어주지 못한 것은 근처 소택지에서 몰려온 모기떼 때문이기도 했고, 인근 야생동물 구역에 사는 여윈 엘크 한 쌍의 서글픈 울음 때문이기도 했다.

덥고 비좁은 텐트에서 뒤척이고 투덜댔고, 새벽이 되어도 일어나기 싫었다. 우리가 아직 누워 있는 채 여전히 비몽사몽 상태일 때 가까이서 사람 소리가 들려서 반갑지 않게 새날을 맞아야 했다.

늙은 여자들의 심술궂고 성난 목소리였다. 나는 피곤해서 처음에는 대화 내용을 알아듣지 못했지만, 아버지가 갑자기 화를 내며 툴툴대고 어머니가 속삭이며 그를 진정시키려 애쓰는 기미는 충분히 느꼈다. 일이 흥미롭게 돌아가자 잠이 확 깼고, 일어나 앉아서 오가는 소리에 집중했다.

이런 말이 오갔다.

바깥에서 누군가가 말했다.

"이런 난처한 일이…… 정말 그렇다니까. 늘 벌어지는 못마땅한 일이지! 왜 경찰이 이걸 그냥 두는지 도무지 모르겠어."

아버지가 투덜대는 소리. 아버지는 무슨 일 때문인지 아는 듯했다.

"마귀할멈들! 대체 우리를 뭘로 알고 저래?"

어머니가 달래는 소리.

"그만해요, 앵거스!"

다시 바깥에서.

"이렇게 독한 냄새가 있나…… 이게 진짜 개라고 생각해?"

이 말에 아버지는 발작하듯 휙 일어났고, 나는 머트가 새벽같이 편치 않은 텐트에서 나가려고 내 몸을 타고 넘어간 기억이 났다. 나도 아버지처럼 짜증이 나기 시작했다. 남들이 무슨 권리로 머트를 이런 식으로 말하나. 게다가 말이 점점 험해졌다.

보이지 않는 사람이 계속 씩씩댔다.

"개같이 생기긴 했는데 어떻게 이런 악취가 날까! 휴! 주인이 누군지 몰라도 감방에 처넣어야 해."

이 말에 아버지는 더 이상 참을 수가 없었다. 아버지의 고함 소리가 텐트를 뒤흔들었다.

"내가 그 개의 주인이오. 그래서 어쩌겠다는 거요?"

아버지는 옷을 찾느라 비틀대기 시작하다가, 바깥에서 나는 말대꾸에 평정심을 완전히 잃었다.

한 사람이 신랄하게 쏘아붙였다.

"흥! 개를 묻어버리지 그래요? 아니, 그건…… 부랑자들에게 너무 과한 요구인가?"

이 순간 아버지가 잠옷 상의만 걸치고 텐트에서 뛰쳐나갔고, 분개한 나머지 두서가 없었다. 아버지가 말을 제대로 못했더라도 말투는 두 탐조가(새를 보러 나온 사람들이었다)를 차로 쪼르르 뛰어가게 하기에 충분했다. 그들은 황급히 차를 타고 사라졌고, 우리 옆에는 불행한 엘크와 개 한 마리가 남았다.

머트가 아니었다. 모르는 개였고 20보쯤 떨어진 소택지의 물에 누워서 떠 있었다. 죽은 지 오래된 개였다.

어머니는 의기양양했다. 어머니가 아버지에게 말했다.

"그것 봐요. 사정을 알기도 전에 흥분하면 안 되죠."

백번 천번 지당한 말씀. 아버지가 사정을 알았다면, 반시간 후 퉁명스런 경관이 다시 찾아와 당장 개를 물에서 끌어내어 묻으라고 요구하는 일은 당하지 않았을 테니까. 경찰관은 퉁명스러운 정도가 아니라 사나웠고, 우리가 설명해도 공감하며 듣지 않았다. 머트가 거기에 있었다면 모든 상황이 오해라고 설득하기 수월했으련만, 머트는 새벽 일찍 스위프트 리버의 쓰레기통을 점검하러 출타 중이었다. 그리고 어들리에 짐을 싣고 줄행랑칠 채비를 마칠 때까지 코빼기도 비치지 않았다. 머트는 아버지가 그날 종일 못마땅하게 대하는 이유를 몰랐다.

대평원을 통과하는 남은 여정은 특별한 사건 없이 흘러갔고 다행이었다. 무더위, 먼지 구덩이, 말라붙은 평원의 누런 사막에 시달리다 보니 점점 피로가 쌓이고 신경이 날카로워지는 참이었다. 포플러 숲은 거의 자취를 감추어 아주 드물게 나타났고, 말라붙은 이파리는 죽음의 소리를 내면서 뻣뻣하게 버스럭댔다. 늪지는 말라붙어 작열하는 태양 아래서 허연 바닥이 번들

거렸다. 여기저기 도로변 도랑에 작은 흑니토 웅덩이가 아직 남았고, 이 구멍들은 무수한 오리 가족들을 죽이는 덫으로 변했다. 고인 진흙에 보툴리누스균이 창궐해서 오리떼가 수천 마리씩 죽어 썩지 않고 미라처럼 말라붙었다.

우울한 여정이었고, 차의 라디에이터가 끓어오르고 엔진이 안간힘을 쓰는데도 우린 계속 어들리를 몰아붙였다. 그러다 어느 아침 변화가 생겼다. 먼지가 자욱했던 하늘이 제법 오랫동안 맑고 상쾌했다. 앞쪽으로 대지와 하늘 사이에 처음으로 먼산들의 파란 그림자가 보였다.

그날 밤 일찌감치 야영 준비를 했고, 가뭄과 사막을 벗어나 날아갈 것 같았다. 가솔린 스토브가 칙칙 소리를 내고 어머니가 식사 준비를 하자 나는 머트와 이 새롭고 생명력 있는 지역을 탐험하러 나갔다. 머리 위로 까치떼가 날아오르자 석양 속에서 긴 꼬리들이 무지개 빛깔을 띠었다. 밭종다리들은 높은 구름 꼭대기에 올라가 잠깐 강렬하게 노래했다. 작은 하얀 농가 뒤로 펼쳐진 녹색 초원에서 초원멧닭들이 쿡쿡대며 날아올랐다. 포플러 숲을 지나 텐트로 돌아오는데, 잎사귀들이 퍼덕대면서 속삭여 생명력을 뿜냈다.

다음 날 앨버트의 대부분 지역을 통과해 저녁 즈음 산기슭을 올라갔다. 머트에게는 기억할 만한 날이었다. 머트는 소들이 어딘가에 그렇게 많이 존재할 줄 꿈에도 몰랐다. 소떼의 규모에 어안이 벙벙해져서 쫓아다닐 열의조차 잃어버렸다. 머트는 소들의 수에 압도당한 나머지 우리가 점심을 먹으려고 차에서 내렸는데도 차에 남아 있었다. 저녁 때 텐트를 친 곳 인근 작은 길가에 가솔린과 청량음료를 파는 점포가 있었다. 여기서 머트는 차고 뒤쪽에 사는 작고 귀여운 소를 쫓는 걸로 자존심을 회복하려고 했다. 그런데 알고 보니 작은 소는 머트가 처음으로 만나는 숫염소였고, 그 염소는 보복으로 머트를 텐트로 쫓아내더니 뒤따라 들어오려고 했다. 그때 머트의 비통한 표정이란.

아침에 산길을 오르기 시작했고, 우리가 선택한 북쪽 루트는 당시에 모델 A로도 지나기가 쉽지 않은 길이었다. 도로들이 좁고 험한데다 자갈밭이었다. 가드레일이 없어서 길 아래 큰 협곡이 내려다보였고 어들리의 바퀴에 치인 자갈돌들이 메아리치는 심연으로 떨어졌다.

산맥이 점점 높고 거대해지면서 우리가 점점 작아지는 것 같았다. 네 개의 미생물이 되어 거의 소멸되는 것 같은 기분이었다. 난 산맥이 두려웠다. 산맥이 마지막 '무시무시한 것들'(세계 절반의 얼굴을 훼손하는 인간 흰개미떼가 훼손하지 못한 불변의 생존자들)이라는 걸 알았기 때문이다.

처음에는 머트 역시 겸손했고 산에 대한 경외감을 이상한 방식으로 표현했다. 산에서 일상적인 일을 하지 않으려 했고, 한 다리를 들고 일을 볼 곳이 달리 없어 한동안 고통스러웠다. 다행히 경외감은 지나가는 감정이었다. 울타리로 시작해 사다리, 마침내 나무 위로 오르면서 늘 높은 곳을 탐색하던 터라, 결국 경외감 대신 등산 욕구가 생겼다. 이제 머트는 산에 오르면 구름에 닿는다는 걸 알았고, 기회를 놓칠 개가 아니었다.

머트가 사라졌고 여정 중 이틀간 혼자 '스리시스터스'의 봉우리로 향했다. 머트가 목표를 달성했는지 여부는 알 수 없었다. 하지만 우리가 조바심치며 기다리는 텐트로 돌아왔을 때 발바닥 살이 너덜너덜했고, 꼭대기에 올라서서 세상을 내다본 자의 오만한 분위기를 풍겼다.

이 등산 취미는 나머지 가족에게 지옥 같은 일이 되었다. 가던 길을 멈출 때마다 머트가 빠져나가 가파른 절벽에서 모습을 드러냈기 때문이다. 녀석은 높은 곳에 똑바로 서서, 당장 돌아오라는 가족의 명령에 귀를 닫았다.

어느 날 우리는 깎아지른 낭떠러지 근처에서 샘물을 마시려고 차를 세웠고, 물론 머트는 도전을 거부하지 못했다. 우리가 머트가 없어진 줄도 모를 때, 대형 미국 리무진이 옆에 와서 섰다. 미녀 네 명과 얼굴에 기름이 흐르는 남자 두 명이 내렸다. 모두 영화촬영기와 쌍안경을 들었고, 몇 명이 쌍안경으로 절벽을 보는 사이 나머지는 카메라를 들이댔다. 기계음이 요란하자 나는 무슨 일인지 알아보러 갔다. 한 여자에게 물어봤다.

그녀가 씩씩대는 소리로 소곤댔다.

"쉿, 아가. 저기 진짜 살아 있는 산염소가 있단다!"

그 말과 함께 그녀는 카메라를 들어 올려 버튼을 눌렀다.

나는 한참이나 그 산염소를 찾아보았다. 100미터쯤 되는 낭떠러지에 서 있는 머트는 똑똑히 보였지만 염소는 없었다. 머트가 염소가 다니는 길에 있었던 듯하다. 아무튼 이 낯선 사람들이 보는 것을 난 볼 수가 없어서 안달이 났다.

10분쯤 집중해서 촬영한 미국인들은 지나가다 만난 행운을 서로 어깨를 두드려 자축하더니 다시 리무진에 올라타고 떠났다.

난 그제야 상황을 파악했다. 그날 밤 우리는 길쭉한 검은 귀를 가진 특이한 얼룩 산염소에 대해 이야기하면서 한바탕 깔깔댔던 것 같다. 하지만 사실 어떤 산염소도 머트처럼 감동적인 등산 기술을 선보이지 못했을 것이다.

일시적으로 산맥에서 벗어나 오카나간 계곡으로 내려갔고, 오카나간 호수에 사는 '오고포고'라는 유명한 괴물을 보고 싶었다. 괴물이 좀처럼 모습을 보여주지 않아서, 우린 계곡의 별미인 과일을 실컷 먹는 걸로 위로를 삼았다. 대평원에 사는 내내 이 과일 맛이 잊히지 않았다. 머트는 여전히 종종 우리를 놀라게 할 수 있었다. 놀랍게도 머트는 우리와 입맛이 같아서 사흘 내내 과일 외에 아무것도 먹지 않았다.

녀석은 복숭아, 머스크멜론, 체리를 좋아했지만 단연코 체리를 가장 즐겼다. 처음에는 씨 때문에 곤란했지만, 곧 체리를 먹

을 때마다 앞니 사이로 씨를 차 밖으로 뱉었다.

오카나간 강을 건너는 여객선에서 한 승객이 머트에게 던진 악의적인 눈빛은 잊지 못할 것이다. 그런 눈빛을 던질 만도 했다. 머트가 접좌석에 앉아 고글을 이마 위로 올리고 6리터들이 통에서 체리를 꺼내 먹고 있었다.

체리를 하나하나 먹을 때마다 주둥이를 들고 뱃전으로 고개를 돌려 태연하게 씨앗을 푸른 강물에 휙 뱉었으니.

12

다람쥐, 스코틀랜드인, 그리고 다른 동물들

나는 종조부인 프랭크 할아버지의 영향을 받으면서 곧 부모님의 골칫거리가 되기 시작했다. 난 다섯 살 때부터 할아버지의 영향을 받았고 오늘까지도 종조부의 그림자를 완전히 떨치지 못했다.

할아버지는 자연주의자이자 수집가였고, 독수리 알부터 공룡 뼈까지 자연의 모든 것은 집에 둘 가치가 있다고 믿는 옛날식 믿음을 가진 사람이었다. 또 동물을 알 방법은 같이 살아보는 것밖에 없다고 주장했다. 숲과 들판에서 동물과 살 수 없다면 차선책으로 동물을 집에 데려와 같이 살아야 된다는 인식을 심어주었다. 난 할아버지의 조언에 따랐고, 애송이 과학자로 나선 첫 탐험에서 소의 해골과 검은 뱀 두 마리를 수집해서 집에 가져와 침대 밑에 자리를 마련했다.

어머니는 다섯 살 아이와 뱀이 같은 방을 쓰는 게 마땅치 않다고 말했다. 하지만 집안에서 권위가 대단했던 프랭크 할아버지가 내 편을 들어주었고, 뱀은 아파트 주인에게 들킬 때까지 몇 주간 같이 살았다.

그 뱀들은 시작에 불과했다. 난 간간이 털, 깃털, 지느러미를 가진 동물들을 데려와 부모님을 곤란하게 했다. 부모님은 내 손님들을 견디는 방법을 터득했거나 가정 동물원에 매진하는 나를 만류하려 하지 않았다. 어머니는 내가 제2의 소로(월든 호숫가에 집을 짓고 자급자족하며 산 자연주의자이자 미국의 문필가 - 옮긴이)가 될 거라는 소망을 가졌던 듯하다. 또는 내가 동물들을 숨기느니 공개적으로 발표하는 게 낫다는 게 어머니의 생각이었다. 나중에 갑자기 튀어나와 화들짝 놀라느니 미리 아는 게 나을 터였다.

아무튼 몇 번 그런 순간이 있었다. 난 방울뱀들을 책꽂이에 넣어두었지만, 그 사건은 무탈하게 끝났다. 그러다 여섯 살 때 친할머니와 1주일간 지내게 되었다. 어느 오후 친구와 고기를 잡으러 가서 배도라치인가 메기인가 대여섯 마리를 잡았다. 나는 같이 살려고 물고기를 집에 가져왔다.

친할머니는 엄하고, 아이의 장난질을 쉽게 참아주지 않는 까칠한 분이었다. 하지만 난 누구에게 장난치려는 의도 없이 메기들을 변기 안에 두었다. 집에 빨래통이 없고, 욕조는 물이 줄줄 빠져서 목욕하면서도 수돗물을 틀어야 될 정도라 달리 방도가 없었다.

그 메기들이 발견되었을 때 난 진심으로 눈물 콧물 흘리면서 반성했다. 나는 참회를 요구받았다. 온 가족이 곤히 잠든 한밤중에 할머니가 메기를 발견했다.

할머니는 이해하는 마음이 있어서 날 용서했다. 하지만 내 부모님을 완전히 용서하지는 않았던 것 같다.

새스커툰으로 이사하기 전 유년기 내내 빌렸던 주택과 아파트에서 우리 셋이 아니라 다양한 동물이 같이 살았다. 트렌턴에서 살 때는 블랜딩 거북을 키웠다. 희귀종 육생 동물이라서 내 자부심이 대단했는데, 하루는 거북이 말을 해서 다른 거북들과 차원이 다른 걸 입증했다. 사실이다, 딱 한 번 독특한 상황에서 말을 했다. 아무튼 말을 한 건 맞다.

부모님의 친구 몇 명이 집에 놀러와서, 친절하게 내 비위를 맞추느라 거북을 보여달라고 청했다. 난 의기양양하게 거북을 모래상자 집에서 꺼내 식탁에 올려놓았다. 거북이 다리 하나만 내밀자 난 부아가 났다. 낙심해서 연필로 거북을 찔렀다.

거북은 천천히 머리를 내밀고 할머니 얼굴로 애처롭게 우리를 올려다보더니, 또렷하지만 더할 수 없이 낙심해서 한마디 내뱉었다.

"윽!"

확실히 그렇게 말하고, 아무 조짐도 없이 식탁에 알 하나를 낳았다.

7개월 동안 젤리 빈(강낭콩처럼 생긴 젤리 - 옮긴이) 모양의 가죽 같은 알을 스토브 선반에 올려놓았지만 부화하지 않았다. 내 거북이 치녀였겠지.

얼마 후 트렌턴을 떠나 윈저로 이사했고, 50킬로미터 거리에 포인트필리 국립공원이 있었다. 주말이면 차를 타고 공원에 가서 자연사 현장학습을 할 수 있었다. 어느 날 높은 소나무에서 까마귀 둥지 같은 것을 보고 조사하려고 나무를 타고 올라갔다. 검은 다람쥐의 둥지였고, 안에 새끼 세 마리가 있었다.

당연히 한 마리를 셔츠 속에 넣어 집에 데려왔다. 의도하지 않았지만 난 프랭크 할아버지의 조언을 지나치게 실천했다. 며칠간 벼룩 수백 마리와 딱 붙어 살아야 했으니.

새끼 다람쥐는 포로 생활에 기꺼이 적응했다. 우린 '지터스'라고 이름을 지었고, 아버지는 다람쥐 우리를 만들어 부엌 개수대 위에 걸었다. 문이 있어서 다람쥐가 혼자 여닫을 수 있어 밖으로 나와 집 안을 돌아다니고 나중에는 이웃집까지 다녔다. 지터스는 귀여움을 떨었고, 권투가 가장 좋아하는 놀이였다. 의자 등받이에 앉아서 앞발로 우리 검지를 치면서 권투를 했다.

지터스는 사람을 좋아했지만 고양이를 싫어했고 고양이에게 처절한 복수를 가했다. 우리가 키우는 '미스 스텔라'(당시 집주인 이름)라는 고양이는 다람쥐가 괴롭혀서 불치의 신경증에 걸렸고 결국 영원히 가출했다. 동네 고양이들도 심하게 시달렸다.

　나무 밑이나 벽 아래 바람 부는 곳에서 햇볕을 쬐며 방심하는 고양이를 찾아내는 게 지터스의 즐거움이었다. 그러면 지터스는 높이 올라가서 낙하하는 황조롱이처럼 제물을 덮쳤다. 6미터나 9미터 높이에서 뛰어내리면 고양이에게 숨이 멎을 정도의 타격을 입혔다. 고양이가 정신을 수습할 즈음이면 지터스는 적에게 뛰어내렸던 안전지대로 조르르 달아나고 없었다.

　지터스는 1년 넘게 우리 집에서 살았고, 결국 고양이를 괴롭히다가 목숨을 잃었다. 좀 끔찍하게 죽었다. 어느 오후 우리가 살던 3층 아파트 건물 벽의 중간쯤에서 뛰어내렸는데, 잠든 고양이를 덮칠 작정이었지만 거풍하려고 콘크리트 난간에 널어놓은 여우 털목도리 위에 떨어지고 말았다.

　새스커툰으로 이사한 즈음 부모님은 내가 자연사에 관심 갖는 것을 당연시하는 경향이 있었다. 그런데 그런 분들도 새스커툰에 도착한 직후의 어느 밤에는 화들짝 놀랐다.

　어머니는 바로 얼마 전에 만난 주민 여럿을 만찬 파티에 초대했다. 식사가 준비되자 어머니가 뒤쪽 계단에 대고 나를 불렀고, 나는 식사에 참석하려고 내려갔다. 대단한 발견을 하고 경이감에 휩싸여 꿈꾸는 듯한 상태였다.

　방금 해부를 한 참이었다. 그날 죽은 땅다람쥐를 발견했는데 알고 보니 멋진 실험 대상이었다. 대부분의 장기를 제거해 포름

알데히드 용액 접시에 담았다. 이 장기들의 이름을 맞히는 것이 재미난 부분이었고 거기에 정신이 팔려서 접시를 들고 식탁으로 갔다.

촛불을 밝힌 식사였고 수프가 나올 때까지는 아무도 내 접시를 눈여겨보지 않았다. 난 누구보다 빨리 수프를 다 먹었고, 기다리는 동안 조사를 계속하기로 결정했다. 거기 마음을 빼앗겨서 양쪽에서 대화가 줄어드는 것도 몰랐다. 결국 아버지의 말소리에 정신을 차렸다.

"도대체 뭘 갖고 있는 거냐, 팔리?"

아버지가 매섭게 물었다.

난 진지하게 대답했다. 방금 획기적인 발견을 했기에 그 사실을 알리고 싶었다.

내가 큰 소리로 외쳤다.

"아빠, 깜짝 놀랄 거예요. 땅다람쥐의 자궁을 갖고 있는데 다람쥐가 임신 중이었어요!"

그날 손님으로 온 헥터 맥크리먼은 이 사건을 겪고도 가장 친한 친구가 되었다. 북부 스코틀랜드의 케이스네스를 떠나 캐나다에서 30년간 독신으로 지내면서 장로교도의 단아함(스코틀랜드는 장로교의 본산이다 - 옮긴이)을 잃지 않은 사람이었다. 20년간 새스커툰의 호텔방을 얻어 살았고, 주거 패턴을 바꾸지 않는 사람이 있다면 바로 헥터였다.

그럼에도 우린 여름 몇 달을 '새스커툰 컨트리클럽'에서 카라반 생활을 할 때, 헥터에게 목가적인 주말을 보내러 오라고 채근했다.

그는 품위 있게 거절할 방도가 있었으면 사양했을 것이다. 야외를 좋아하는 사람이 아니었다. 호텔 생활이 지루하고 답답할지 몰라도 편안했고, 헥터는 확실히 편안함을 좋아하는 부류였다. 그는 전원에서 주말을 보내자는 초대를 요령껏 꾸준히 피했지만 결국 버티지 못했고, 8월 중순 사흘간 우리와 지내기로 했다. 아버지는 야외 생활이 호사스럽다고 열렬히 주장했지만, 헥터는 믿지 않고 그저 기독교도의 체념하는 태도로 찾아왔다.

우리 캠프는 강둑의 빼곡한 포플러 숲속에 있었다. 자그마한 빈터에 세운 카라반 앞에 노천 난로가 있고 뒤편 나무들 속에 우산형 텐트가 있었다. 내가 생활하고 자는 개인공간이었다. 부모님은 카라반의 내 침상이 비었으니 헥터에게 거기서 자라고 권했지만, 그는 이 말을 듣고 혼비백산했다.

그가 열을 내며 대꾸했다.

"절대 안 될 말이지요. 나더러 사내랑 그의 법적 배우자 사이에서 자라니? 그런 망신살이 있나! 아, 앵거스. 내가 머리 눕힐 곳이 없다면 난 밤에 새스커툰으로 돌아가면 되오."

흥분한 것이 장로교도다운 점잖음 때문이었는지, 야외 생활을 피하려는 마지막 꼼수였는지는 알 수 없다. 하지만 작전이었다면 실패로 돌아갔다.

아버지가 적극적으로 답했다.

"말도 안 됩니다. 팔리의 텐트에 여분의 침상이 있으니 거기서 자면 됩니다. 헥터 같은 나이 든 신교도에게 충분한 잠자리일 겁니다. 그런데……."

이 대목에서 아버지의 말투에 머뭇거리는 기미가 있었다. 아버지가 말을 이었다.

"……카라반에서 주무시는 것만큼 평온하지 않을지도 모릅니다."

헥터는 망한 줄 알았지만 최종 결정권은 행사하려 했다. 그가 쌀쌀맞게 말했다.

"평온! 집에 갈 때까지 내게 평온은 없을 거요!"

이 말은 예언이 되었다.

저녁식사 후 어른들은 난롯가에 모여 핫토디(위스키, 럼, 브랜디에 온수와 설탕을 가미한 음료 – 옮긴이)를 마시면서 모기와 싸웠다. 나는 할 일이 있어서 곧장 텐트로 돌아갔다.

그 여름 동안 나는 프랭크 할아버지의 명령을 지키려 부단히 애썼고, 그 결과 텐트는 잠자는 공간 그 이상이었다. 실제로 자연과 가까이 접할 수 있는 공간이 되었다. 다람쥐 열두어 마리, 어느 정도 길들여진 쥐부엉이, 꼬리가 복슬복슬한 숲다람쥐 세 마리, 작은 족제비와 누룩뱀 열두어 마리가 같이 살았으니까.

각각의 종에게 따로 주거 공간을 마련해주었다. 뱀들은 판지 상자에 담겨 내 침상 밑에서 지냈고 족제비는 약 4리터들이의 깡통에, 다람쥐들은 파리 방충망을 씌운 오렌지 상자에, 숲다람쥐들은 나무 대야에 넣었다. 한편 칡부엉이는 텐트 기둥에 묶은 긴 삼끈 위에서 자유롭게 움직였다. 급조한 우리는 역할을 제대로 못하기도 해서, 내가 텐트에 들어갈 때마다 일부 동거자가 우리에서 나와 있었다. 하지만 이 특별한 저녁, 아버지는 식사 후에 나를 옆으로 불러내서 이날 밤에는 동물이 우리에서 나오면 안 된다고 단단히 일렀다.

모두 확실히 점검한 후 난 잠자리에 들었다. 몇 시간 후 헥터가 늦게 들어오자 난 잠깐 깼다. 그는 손전등을 갖고 있었지만 불을 켜고 옷을 갈아입는 걸 실례로 여기고 어둠 속에서 옷을 벗었다.

모기가 떼 지어 함께 텐트로 들어왔고, 난 괜찮았지만(머리를 이불 속에 파묻었다) 헥터는 시달리는 것 같았다. 그가 오랫동안 투덜대면서 주변을 탁탁 때렸다.

자정이 지나고 한참 후, 난 위쪽에서 울리는 천둥소리에 다시 깼다. 땅이 흔들리는 소리와 함께 텐트 문이 움직이고 머트가 안으로 들어왔다. 머트는 유난히 뇌우를 겁내서, 카라반 밑의 잠자리를 박차고 내게 위로와 보호를 얻으려고 달려왔다.

번개가 번뜩일 때 펄럭이는 캔버스 천에 비친 헥터의 실루엣

이 보였다. 그는 일어나 앉아서, 마사이족 창 같은 긴 다리를 두 침상 사이에 있는 뭔가에 쭉 뻗었다.

헥터가 날카롭게 외쳤다.

"휴! 뭐였지?"

내가 대답했다.

"별거 아니에요, 맥크리먼 씨. 머트가 비를 피하려고 들어온 것뿐이에요."

그 순간 내 침상 밑에 기어 들어간 머트가 발작적으로 뛰어올라 침상이 뒤집어질 뻔했다. 곧 담요 위를 허둥지둥 지나가는 움직임이 있자 난 다람쥐들이 집에서 나온 걸 알았다. 이제 헥터가 팔다리를 마구 휘저어 텐트 벽을 건드릴 것 같았고, 텐트가 무너질까 염려되었다.

"괜찮아요, 겨우 다람쥐들인 걸요!"

그를 진정시키려고 소리쳤다.

헥터는 대꾸하는 수고를 하지 않았다. 그가 손전등을 찾아서 켜자 갑자기 텐트에 노란 불빛이 밀려들었다. 내가 틀렸음을 당장 깨달았다. 그를 괴롭힌 건 머트도 아니고 다람쥐들도 아니었다. 칡부엉이가 호전적인 태도로 헥터의 베개에 앉아, 발톱으로 버둥대는 숲땅다람쥐를 움켜잡고 있었다. 부엉이는 누구든 간섭하면 재미없을 거라는 눈빛을 보였다.

헥터는 간섭할 의사가 없었다. 그는 놀랄 만치 민첩하게 침상의 다른 쪽 끄트머리로 갔다. 이제 어떻게 해야 될지 난감한 듯 잠시 움츠리고 있더니, 결심하고 양발을 텐트 바닥에 내렸다.

텐트의 바닥은 캔버스 천이었지만 낡아서 이제 방수가 되지 않았다. 비가 많이 내려 바닥이 젖는 바람에 침상 밑의 뱀 상자에 물이 스몄다. 아마 뱀들도 우리만큼 당황했고, 헥터가 한 마리를 밟자 그 불쌍한 동물은 발작적으로 그의 발목을 친친 감았다.

새로운 자극에 헥터가 고래고래 악을 썼고 결국 카라반에서 자던 부모님이 깼다. 비가 내리고 천둥이 치는 와중에 난 퉁명스런 아버지의 고함소리를 들을 수 있었다.

"정신 차려요! 정~신~차~려봐요, 헥~터~어~어! 악몽이에요!"

몇 주 후 앨버트 호텔에서 헥터는 우리와도 친한 그의 친구에게 '말도 안 되는 소리였지, 무슨 말인지 알겠지요!'라고 푸념했다.

그 칡부엉이가 나의 첫 부엉이였다. 이후 여럿 더 키웠지만, 그중에서 단연 기억에 남는 것은 이듬해 우리 가족이 된 커다란 수리부엉이 두 마리였다.

우리 자연과학 선생님은 적극적인 야생생물 사진가였고, 멋진 수리부엉이 사진을 시리즈로 촬영하려는 야심을 품었다. 그는 내가 수리부엉이 둥지를 찾는 일을 돕기를 바랐다. 이것이 이듬해 봄의 임무였다. 난 나이와 기질이 나와 같은 브루스 빌링스와 짝지어 수색에 나섰다.

주말마다 브루스와 난 배낭을 꾸려서 부엉이를 찾아 포플러 숲을 뒤졌다. 밤이 되면 나뭇가지들을 기대어 '인디언 오두막' 같은 텐트를 만들었다. 불을 피워 베이컨과 달걀을 굽고 차를 끓였다. 어둠이 내리면 우린 파릇파릇해지는 풀밭에 누워 대평원의 노래에 귀를 기울였다. 멀리서 코요테가 울부짖으면 다른 것들의 화답이 메아리치다가 마침내 멀리 사라져 들리지 않았다. 소택지에서 개구리 울음소리와 밤에 이동하는 도요새의 날카로운 울음이 어두운 바람에 실려 왔다. 이따금 위에서 캐나다두루미떼의 떨리는 울음소리가 퍼졌고, 워낙 높이 있어서 새떼가 달을 지날 때 모기떼처럼 보였다.

하지만 우린 이런 소리에 귀를 기울이지 않았다. 우리가 집중하는 것은 수리부엉이들의 퉁명스런 '후~후~후' 소리였고, 마침내 한 마리가 울면 우린 소리 나는 방향으로 땅바닥에 막대기를 놓았다.

동이 뿌옇게 터서 깨면 이슬에 젖어서 얼른 따뜻한 모닥불을 피워 아침을 준비하고 싶었다. 이후 막대기들이 가리키는 쪽으로 출발했고 머트가 선발대로 뛰어가면 우린 그 방향에 있는 포플러 숲을 일일이 뒤졌다. 수색 작업은 언제나 길었지만 결코 지루하지 않았다. 어느 나무에나 무언가가 살고 있어, 우리가 찾는 것이 아니더라도 저마다 흥미로웠다. 잡목숲 가장자리에서 숲땅다람쥐가 겁 없이 장난을 걸곤 했다. 이들은 대평원에 사는 샛노란색 형제들과 달리 사람을 좋아해서 달아나지 않는 듯했다. 숲마다 포플러나무 높은 곳에 적어도 큰 둥지가 하나씩 있었다. 까마귀 둥지인 경우가 많아서 주인들이 쉰소리로 나무라면서 몇 킬로미터나 우리를 따라왔다. 종종 큰 지붕이 씌워진 까치 한 쌍의 집인 경우도 있었다. 가끔 늙은 까마귀의 둥지를 칡부엉이가 차지해서, 우리가 지나가면 교활한 고양이 같은 얼굴로 빤히 보기도 했다. 작은 매 가운데서도 몸집이 가장 작은 송골매가 있거나 스웨인슨매나 붉은꼬리매 같은 날개가 큰 매 한 쌍이 있기도 했다.

그리고 숲 사이, 짧은 풀밭에서 들종다리와 멧새가 발아래서 튀어나오기도 했다. 머트가 코를 킁킁대며 발견할 때까지 이 새들의 둥지는 우리 눈에 보이지 않았다. 머트는 새 둥지를 망가뜨리지 않았다. 우리를 위해 발견한 후에는 물러났고, 우린 둥지를 찌르고 들여다보고 가끔 새알 하나를 꺼냈다.

마침내 나무 꼭대기의 너저분한 큰 둥지가 가장 큰 부엉이들의 집임을 알고 그 아래에 서면 극도의 전율감이 느껴졌다. 그 기분에 비견되는 감정은, 나무에 올라가 다른 데를 보면서도 위에 있는 부엉이를 여러 번 흘끔댈 때의 흥분감밖에 없었다. 딱 한 번 방어적인 부엉이에게 실제로 맞아봤다. 부엉이가 계산을 잘못했는지 타격이 살짝 빗나갔다. 하지만 1.5미터짜리 날개가 바람처럼 강하하면서 내 머리를 한 뼘쯤 어긋나게 지나갔고, 소년에게는 어른에게 사자가 달려든 것만큼 오싹한 일이었다.

둥지를 발견하고 수리부엉이가 산다는 확신이 들면 선생님에게 보고했고, 며칠 후 우린 그를 도와 은신처를 지었다. 나뭇가지와 캔버스 천을 묶어서 나무 꼭대기의 둥지 부근에 못으로 박는 일은 쉽지 않았다. 부엉이들은 이웃이 오는 걸 친절하게 받아들이지 않았고, 한번은 긴 발톱으로 새로 지은 은신처를 공격해서 튼튼한 캔버스 천이 갈기갈기 찢겼다. 하지만 결국 은신처가 풍경의 일부로 녹아들었고 새들은 그것과 거기에 있는 사람들을 모르는 체했다. 난 부엉이를 피해 무더운 은신처에 오래 앉아서 그들의 생활을 관찰하곤 했다. 새 자체에 홀딱 반해서 가져간 카메라를 거의 쓰지 않았다. 처음에 새들은 피투성이가 되어 사냥감을 가져오는 누런 눈의 잔인하고 야만적인 야생동물로만 보였다. 하지만 시간이 지나면서 다른 눈으로 보게 되었다. 식욕과 두려움, 어쩌면 즐거움까지도 나와 크게 다르지 않은 생명체로.

점점 새들에게 매료되었다.

그 봄에 촬영한 세 개의 둥지 중 마지막 둥지를 떠날 채비를 하면서, 난 흥미로운 새들과 관계를 끊을 마음의 준비가 되지 않았다고 생각했다. 그래서 새끼 부엉이 한 마리를 배낭에 넣어 집에 데려갔다.

새끼 부엉이는 아직 날지 못했고 보송보송한 솜털이 많았다. 그럼에도 존재감이 있어서 우린 크리스토퍼 로빈(밀른의 「곰돌이 푸」의 등장인물 - 옮긴이)의 현명하지만 실수투성이 친구 올(「곰돌이 푸」에 등장하는 부엉이는 아는 게 많지만 실수를 많이 해서 자기 이름 'owl'을 'Wol'로 쓴다 - 옮긴이)로 이름을 지었다.

그 여름, 시간이 흘러서 다른 어린 수리부엉이가 생겼다. 나는 기름통에 갇힌 부엉이를 발견했다. 아이들이 새끼 부엉이를 천천히 죽이려고 기름통에 넣어둔 것이었다. 처음 발견되었을 때, 흠뻑 젖고 구중중한 지친 부엉이는 가련한 모습이었다. 나는 상으로 받은 사냥용 칼을 내주고 두 번째 부엉이의 주인이 되었다.

이 부엉이가 기름통에서 한 경험을 극복하지 못해서 우린 이름을 '웁스Weeps(눈물)'라고 지었다. 웁스는 우리와 사는 내내 예민하게 굴었다.

웁스와 올은 성격이 전혀 달랐다. 올은 자신감 있고 지배적이었고, 유리한 위치를 훤히 알았다. 웁스는 소심하고 물러났고, 운명이 적이라고 믿었다. 둘은 모습도 달랐다. 올은 극지방의 변종이었고 어른이 되어서 깃털이 순백색에 검은 얼룩이 아주 조금 있었다. 반면 웁스는 칙칙하고 거뭇한 갈색이고 늘 깃털이 지저분하고 끝이 뿔뿔이 갈라져 보였다.

이 새들은 내가 알던 가장 매력적인 동물로 꼽힌다. 내게 크나큰 기쁨을 주었지만, 머트의 생활을 지옥으로 만든 장본인들이었다.

13

발에 치이는 부엉이들

처음 우리 가족에 합류했을 무렵 부엉이들은 생후 6주 미만이었지만, 결국 엄청난 체격이 될 싹이 보였다. 다 자란 수리부엉이를 본 적이 없는 부모님은 얼마나 '엄청날' 수 있는지 예상하지 못했고, 난 지혜롭게 그 얘기를 꺼내지 않았다. 그럼에도 어머니는 가장 최근에 들어온 가장 어린 부엉이들을 내 방에서 키우려는 계획에 반대했다. 난 새들이 길을 잃을 거라고, 아무튼 실외에 두면 고양이들과 개들의 등쌀에 상당히 위험해질 거라고 지적했지만 소용없었다.

침울한 새끼들의 오므린 발톱을 어머니는 생각에 잠겨 바라보았고(이미 길이가 2센티미터 조금 못 미쳤다) 고양이들과 개들이 부엉이들과 섞이면 곤란해질 거라는 신중한 의견을 밝혔다. 새들이 길을 잃는 부분에 대해서는 언제나처럼 낙관적이었다.

결국 아버지가 나를 도와 뒷마당에 큰 닭장 같은 우리를 만들어서 집 문제가 해결되었다. 이 우리는 딱 몇 달 사용되다가 곧 불필요해졌다.

처음에 부엉이들은 새집에서 나갈 의향을 보이지 않았다. 매일 내가 잔디밭에서 뛰놀도록 꺼내놓으면 부엉이들은 야생으로 돌아갈 시도는커녕 불확실한 자유를 피하고 싶은 초조감을 드러냈다. 한두 번 우연히 부엉이들만 마당에 놔두었지만 그것들은 버려졌다고 결론짓고 단호하게 집으로 들어왔다. 방충문은 장애가 되지 않았다. 철망은 새 발톱의 충격에 휴지 조각처럼 찢어져버렸다. 두 부엉이 모두 부엌 방충문을 찢고 쑥 들어와 씩씩댔다. 그러면서 원치 않는 자유가 있는 바깥세상을 어깨 너머로 골똘히 바라보았다.

결국 뒷마당 우리는 부엉이들을 가족과 살게 하려는 수단이 아닌, 가족과 너무 가까이 두지 않으려는 수단이 되었다.

두 새끼 부엉이는 성격이 달라도 너무 달랐다. 둘 중 지배적인 올은 냉정하고 거만하고 외향적이었고, 세상에 당당한 존재임을 스스로 알았다. 반면 웁스는 초조하고 안정감 없는 시시한 새로 막연한 두려움에 짓눌렸다. 웁스는 심한 신경과민이었고, 올은 집 안을 더럽히면 안 되는 걸 금방 배운 반면 이 녀석은 가구와 카펫을 망가뜨렸다.

생후 3개월이 되어 거의 자라자(깃털에 아기 솜털이 아직 붙어 있었지만), 올은 어머니의 예상대로 자기 보호 능력을 갖추었다. 3개월 때 키가 60센티미터에 달했다. 날개폭은 1.2미터 정도, 발톱은 2.5센티미터로 바늘처럼 날카롭고, 휘어진 부리와 함께 가공할 무기가 되었다.

어느 여름밤, 올은 머트와 한바탕 다툰 후 성이 났다. 어둠이 내렸는데도 포플러나무 꼭대기에서 내려와 안전한 우리로 자러 가려 들지 않았다. 설득할 방도가 없어서 우린 결국 올을 나무에 두고 잠자리에 들었다.

야밤에 다니는 새스커툰 고양이들의 사나운 성질을 알기에 나는 올이 걱정되어 귀를 세우고 자는 둥 마는 둥 했다. 막 동이 텄을 때 뒷마당에서 나직이 수선스러운 소리가 들렸다. 침대에서 뛰어 내려가 라이플총을 들고 현관문을 뛰쳐나갔다.

올이 보이지 않자 난 경악했다. 포플러나무 숲에 없었다. 최악을 예상하면서 집 모퉁이로 뛰어가는데 맨발이 이슬 젖은 풀에 닿아 미끄러졌다.

올은 뒤쪽 계단에 조용히 앉아 있었고, 웅크린 태도가 차분하고 편안해 보였다. 이보다 평온한 장면은 없을 터였다.

가까이 다가가 올에게 어떤 일을 당했을 수 있는지 잔소리하려는 순간, 난 고양이를 보았다.

올이 고양이 위에 앉아 있었다. 잠든 새들처럼 깃털이 잔뜩 부풀어서, 고양이의 머리통과 꼬리만 보였다. 그럼에도 고양이의 목숨을 구하기엔 한발 늦었다는 걸 알 수 있었다.

내가 고양이 위에서 안아 올리려 하자 올은 반항했다. 고양이가 방금 죽었으니 녀석은 발밑에 전해지는 온기를 즐겼겠지. 나는 고양이를 얼른 정원 끝으로 가져가 조심스럽게 묻었다. 두 집 건너에 사는 큰 황갈색 고양이임을 알기 때문이었다. 오래전부터 그놈은 온 동네의 새, 개, 고양이 할 것 없이 공포의 대상이었다. 고양이 주인은 목소리가 떠들썩하고 사내애들을 탐탁해하지 않는 거구의 사내였다.

황갈색 고양이는 올을 과소평가한 첫 번째 고양이지만 마지막 고양이는 아니었다. 시간이 지나면서 정원 끄트머리의 비밀 묘지에 죽은 고양이들의 남은 몸뚱이가 잔뜩 쌓였다. 고양이들은 부엉이를 다른 종류의 닭으로 보았고, 따라서 손쉬운 먹잇감으로 오해했다가 목숨을 잃었다.

부엉이들에게는 개들 또한 큰 문제가 되지 않았다. 머트는 부엉이들을 시샘해서 마지못해 그들을 개들에게서 보호했다. 머트는 개들에게 난폭하게 당하는 윕스를 몇 차례 구해주었지만, 사실 올은 보호해줄 필요가 없었다. 어느 저녁, 집에서 멀지 않은 곳에 사는 독일산 셰퍼드(자신만만한 왈패라고나 할까)가 땅바닥에 있는 올을 보고, 살기등등한 눈으로 달려들었다. 놀랄 만치 일방적인 싸움이었다. 올은 깃털을 한 움큼 잃었지만 개는 수의사의 치료를 받았고 몇 주간 우리 집을, 그리고 올을 피하느라 길을 건너서 다녔다.

올은 무시무시한 싸움 능력을 지녔지만 먼저 공격하지 않았다. 문명화되면서 부자연스런 유혈 욕구를 갖게 된 다른 동물들은 올의 절제력이 퍽 당황스러웠을 것이다. 방어하거나 배를 채울 때를 제외하면 단순히 죽이는 재미를 위해서 강력한 무기를 쓰지 않았으니까. 이런 자제심 뒤에 도덕이나 윤리적인 철학은 없었다. 단지 죽이는 것 자체는 올에게 쾌감을 주지 않았다. 올과 부엉이들이 인간들 속에서 오래 살았다면, 다른 육식동물들(인간만 제외하고)처럼 잔인하고 비정해졌을 것이다.

부엉이들의 먹이는 그리 문제되지 않았다. 윕스는 앞에 놓인 것은 뭐든 먹었다. 그것을 아마도 마지막 식사로 알았을 것이다. 윕스에게 미래는 늘 어두웠다. 그런 처량한 기질을 지닌 부엉이였다. 한편 올은 더 요구가 많았다. 삶은 달걀, 햄버거, 찬 쇠고기구이, 무화과 쿠키가 올이 선택한 식단이었다. 이따금 동네 아이들이 평원에서 덫으로 잡아온 땅다람쥐를 찢기도 했지만 대체로 야생동물을 즐기지 않았다. 눈에 띄는 한 가지 예만 제외하고.

아는 게 많을 법한 과학자들은 스컹크의 천적이 없다고 주장해왔다. 이것은 과학자들에게 나쁜 평판을 안길 독선적인 일반화다. 자연계에 스컹크의 천적이 있다. 탐욕스럽고 무자비한 적, 당당한 수리부엉이.

수리부엉이와 스컹크 간의 불화같이 가혹한 반목은 영원히 없을 것이다. 애초에 어떻게 시작되었는지 모르겠지만, 여전히 지속되는 집착에 대해서는 제법 잘 안다.

늦저녁 바람에 스컹크의 냄새가 얼핏 실려 오면, 평소 차분하고 온화한 올은 돌변해서 날개를 펴고 발끈했다. 안타깝게도 우리 집은 서스캐처원 강둑에 있었고, 물가에 줄줄이 늘어선 덤불 숲은 떠돌이 스컹크들에게 이상적인 길을 제공해주었다. 간간이 스컹크 한 마리가 강둑에서 벗어나, 교만하게 우리 집 앞쪽 보도를 산책했다.

처음 이 일이 벌어진 것은 올이 맞은 첫해의 늦여름이었다. 해거름 무렵 스컹크는 오만하고 우쭐대는 족속답게 보도를 내려갔다. 포플러나무 아래서 놀던 아이들은 스컹크가 다가오자 달아났고, 발바리에게 바람을 쐬게 하던 노부인도 마찬가지였다. 스컹크는 아둔한 자만심에 의기양양하게 걷다가, 모왓 자택 앞에 늘어진 나뭇가지 아래까지 왔다.

창문들이 열려 있었고 우린 늦은 저녁식사를 마친 참이었다. 바람이 많이 불지 않았고, 처음 질펀한 냄새가 식당으로 들어올 즈음 올은 입장할 준비가 되었다. 얕게 다이빙하듯 열린 창으로 날아와 바닥에 내려앉았더니, 내 의자 옆에 아직도 벌벌 떠는 스컹크를 놓았다.

올은 '후~후~후~후'라고 으스대며 말했다. 통역하자면 '내가 끼어도 되겠어요? 내 밥은 갖고 왔는데'라는 뜻이겠지.

부엉이들은 유머 감각이 없다고 알려졌으니, 올이 예외일지 몰라도 적어도 현실적인 장난질을 악마처럼 좋아하긴 했다. 머트의 뼈다귀를 훔쳐서 머트의 손이 닿지 않는 나무 기둥의 갈라진 틈에 숨기곤 했다. 가끔 머트의 식사에 끼어들어 허세를 부려 허기지고 속상한 개의 주의를 빼앗고, 장난이 심드렁해질 때까지 계속 식사하지 못하게 했다. 하지만 머트의 음식을 먹지는 않았다. 그건 올 같은 수리부엉이가 할 만한 짓이 아니었다.

올이 가장 좋아하는 장난은 꼬리 누르기였다.

푹푹 찌는 한여름 오후, 머트는 앞쪽 잔디밭의 생울타리 밑에 파놓은 작은 굴에 들어가 졸면서 몇 시간 더위를 피하곤 했다. 하지만 이 피서지로 물러나기 전에 신중하게 주변을 살피면서 올의 위치를 파악했고, 부엉이도 자거나 적어도 생각에 깊이 잠겼는지 확인했다. 그러고 나서야 땅굴에 들어가 눈을 감았다.

무수하게 경험했으면서도 머트는 올이 거의 자지 않는다는 사실을 파악하지 못했다. 때로 부엉이의 누런 눈이 실제로 감기지만, 겉으로는 새 조각상처럼 무감각해 보일지라도 그 순간에도 주변에서 벌어지는 모든 기척을 일일이 의식했다. 부엉이는 낮에 앞을 못 본다는 오랜 속설을 여지없이 깰 정도로 시력이 뛰어나게 좋았다. 올은 잠까지는 아니어도 깊은 미망에 빠졌나 싶을 때에도 얼른 머리를 반쯤 돌리고 작열하는 한낮의 하늘을 응시하며, 횃대에 웅크린 채 호전적인 태도를 취하곤 했다. 난 맨눈으로 그 시선을 쫓아가면 하얀 하늘에서 위협적인 걸 찾지 못했다. 하지만 쌍안경을 가져와서 보면 틀림없이 머리 위로 매나 독수리가 날아갔고 그렇게 보는데도 티끌만 해 보였다.

아무튼 머트가 자기 전에 거행한 의심에 찬 조사는 효과가 없었고, 오히려 사냥감이 곧 속수무책이 된다는 사실을 올에게 알려주는 역효과만 낳았다.

올은 인내심의 화신이었다. 때로 머트가 쉬러 간 후 반시간이나 기다렸다가 접근하기 시작했다. 비행 능력이 주는 특혜를 경멸이라도 하듯 늘 걸어서 머트에게 다가갔다.

지독히 더디게, 장례식 조문객처럼 침울하게 조금씩 잔디밭을 걸어갔다. 머트가 잠결에 뒤척이면 올은 몇 분간 얼어붙은 듯 가만히 있었고, 눈을 깜빡이지도 않고 궁극의 목표물, 즉 머트의 길고 탐스런 꼬리에서 떼지 않았다.

목표물에 당도할 때까지 한 시간이나 걸리는 경우도 있었다. 하지만 마침내 사정권 안에 들어섰고, 그러면 마치 흐뭇한 순간을 찬찬히 음미라도 하듯 골똘히 궁리하면서 한 발을 들어 머트가 자랑하는 꼬리 위에 올리고 있었다. 그러다 갑자기 뻗은 발톱을 떨어뜨려 움켜잡으면……

당연히 머트는 비명을 지르면서 깼다. 벌떡 일어나, 괴롭힌 놈을 혼내주려고 빙그르르 돌아보지만 아무도 발견하지 못했

다. 머리 위의 포플러 나뭇가지에서 조롱하는 '후~후~후~후' 소리가 울려 퍼졌다. 부엉이가 웃을 수 있다면 그 비슷한 소리겠지.

우리 집에 들어온 모든 동물은 곧 자신을 인간과 똑같이 여겼고, 올도 마찬가지였다. 아주 어릴 때부터 올은 나머지 가족이 날 수도 없고 날려고 하지도 않는다는 사실을 깨달았다. 그래서 자신도 땅바닥 생활을 받아들였지만 거기에 잘 적응하지 못했다.

내가 집에서 세 블록 떨어진 구멍가게에 갈 때면 대부분 올이 동행했고 걸어서 갔다. 올을 모르는 사람들(새스커툰에 그런 사람은 별로 없었다)은 이런 마을 가는 길에서 마주치면 까무러치게 놀라곤 했다. 평생의 알코올중독자처럼 둔하게 흔들흔들 걷는 올의 걸음걸이 때문이었다. 더욱이 올은 사람에게 자리를 양보하지 않았다. 보행자가 맞은편에서 걸어오다가 비키지 않으면 올과 충돌했다. 이 충돌의 충격은 결코 가볍지 않았다. 여름 아침, 새로 온 집배원이 편지 뭉치를 들고 낯선 주소를 보느라 정신이 없어서 올과 부딪힌 일이 기억난다. 그는 일에 몰두해서, 앞을 막아선 게 뭔지 내려다보지도 않고 한쪽으로 걸어차버렸다. 올은 이것을 고의적인 공격으로 받아들였다. 수리부엉이는 자신의 엄청난 위엄을 지키려고 찌를 듯이 쉬쉬 소리를 내면서, 강력한 날개로 집배원의 정강이를 가격했다(가벼운 형태의 보복이 아니었다).

날카로운 딱 소리가 났다. 집배원은 난데없는 통증에 비명을 지르면서 발아래를 내려다보다가 더 크게 소리치면서(이번에는 고음의 애처로운 비명) 동네에서 달아났다. 나는 흩어진 편지를 모아 들고, 나름대로 사과하면서 그를 쫓아갔다.

가을에 개학하자 부엉이들이 날 곤란하게 했지만 특히 올이 심했다. 학교는 강 건너, 집에서 5킬로미터 거리였고 난 자전거를 타고 25가 다리를 건너 등교했다. 9월에 수업이 시작되자 부엉이들은 화가 났다. 여름 내내 계속 같이 지냈는데 이제 나 혼자 가버렸으니까. 둘은 이 새로운 상황을 기꺼이 받아들이지 않았고, 개학 첫 주에 난 연속 사흘간 지각했다. 끈질기게 따라오는 두 부엉이를 집에 돌려보내야 해서였다.

나흘째 아침에는 심란해서 마당의 큰 우리에 부엉이들을 가두려고 했다. 그 우리를 사용하지 않은 지 오래되었다. 올은 이런 대접에 부아가 나서 철망을 성난 발톱으로 찢었다. 나는 얼른 살그머니 빠져나왔지만, 다리를 반도 건너기 전에 행인의 겁먹은 비명과 지나던 차의 브레이크 소리를 듣고 예사롭지 않은 일이 생긴 걸 알았다. 자전거를 세울 짬이 없었는데, 그때 거칠게 공기가 밀려오면서 목구멍 깊이에서 나는 의기양양한 '후~후!' 소리가 들리더니, 발톱이 내 어깨에 든든하게 내려앉았다. 올은 평소와 달리 날아오느라 숨이 찼지만 기세등등했다.

올을 다시 집에 데려다주기에는 너무 늦어서 그냥 학교로 갔다. 운동장에 세운 자전거 핸들에 올을 앉히고 매끼(밑단을 동이는 끈 - 옮긴이)로 단단히 묶어두었다.

그날 3교시는 프랑스어 수업이었다. 담당 여선생님은 파리가 정신의 고향이었지만 실제로 위니펙보다 동쪽으로 가본 적이 없었다. 잘난 체하고 유머 감각이라곤 없는, 폭군 같은 교사였다. 그녀를 좋아하는 학생은 없었다. 하지만 선생님이 불규칙동사를 한참 설명하는데, 올이 2층 창으로 시무룩하게 들어와 불만스런 태도로 교탁에 척 앉자 난 선생님이 딱했다. 그녀는 프랑스어 억양이라곤 전혀 없는 고대 앵글로색슨족의 감탄사로 수리부엉이를 맞이했다.

이 사건 후에 교장선생님은 나를 호출했지만, 합리적인 분이어서 앞으로 부엉이를 집에 두고 온다는 약속하에 체벌을 감해 주었다.

부엉이들에게 집 안을 자유롭게 누비게 해준 후에야 그 약속을 지킬 수 있었다. 학교에 가려고 집을 나서기 10분 전, 윕스와 올을 부엌으로 불러들여 아침 식탁에서 남은 베이컨을 먹게 했다. 이후 나를 따라 학교에 오지 않은 걸 보면, 올은 이 정도면 뇌물로 충분하다고 보았다. 윕스야 늘 올을 따라 하니 더 이상 날 괴롭히지 않았다. 한편 어머니는 이 상황을 가장 못마땅해했다.

새스커툰 주민들은 대부분 우리 부엉이들을 알고 익숙해졌지만, 올과 윕스가 무의식중에 사람들에게 걱정을 끼친 사건이 적어도 두 번 있었다. 한번은 새스커툰 북쪽에 있는 작은 평원 마을에서 일어났다. 8월이었고 부모님은 한참 북쪽에 있는 휴양지인 엠마 호수에서 주말을 보내기로 결정했다. 어들리에 캠핑 장비를 싣고 여섯(어머니, 아버지, 나, 머트, 부엉이 둘)이 출발했다.

몇 번 승차 경험이 있는 부엉이들은 선호하는 좌석이 있었다. 둘은 접좌석 뒤편, 차가 달릴 때 일으키는 반류가 흠뻑 느껴지는 자리를 선택했다. 소년들이 차창에 손을 내밀어 비행기 날개처럼 손으로 바람을 맞는 걸 좋아하듯, 반류는 부엉이들에게 흥분되는 짜릿함을 주었다. 내 부엉이들은 이 모험을 아슬아슬할 정도로 즐겼다. 차가 움직이자마자 둘은 비행이라도 하듯 큰 칼깃을 쭉 펼쳤다. 부엉이들이 날개의 앞쪽 가장자리를 아래로 기울이면, 공기가 밀려들어 쭈그린 자세가 되게 했다. 하지만 날개의 앞 가장자리를 위로 들면 몸이 좌석에서 완전히 떠올라, 발톱으로 좌석을 꽉 잡지 않으면 연처럼 둥실 떠오르게 되었다.

둘이 동시에 날개를 오르내릴 공간이 충분하지 않자 교대로 해야 되는 걸 배웠다. 리드미컬하게 자주 하나는 날개를 내리고 다른 하나는 날개를 올렸다. 공기가 밀려드는 데 들떠서 둘은 자주 노래했고, 아버지는 이 분위기에 취해서 어들리의 경적을 빵빵 울려 부엉이 노래에 장단을 맞추었다.

머트도 접좌석에 타서, 피할 수 없는 대평원의 먼지를 고글로 가렸다. 그러니 어들리가 달리는 풍경에는 활동적인 두 부엉이

사이에 머트가 뻣뻣하게 앉아서, 큰 고글을 쓰고 뚱하게 앞을 응시하는 장면이 포함되었다.

당시 난 이 광경이 수레를 끌고 지나는 농부들이나 도로의 다른 운전자들에게 어떤 영향을 미칠지 미처 몰랐다. 하지만 이후 그 일을 두고두고 반성한다.

북쪽을 향해 출발한 날 하늘이 위협적이었고 80~90킬로미터쯤 달렸을 때 보슬비가 앞창에 흐르기 시작했다. 곧 빗방울이 굵어져서 우린 차를 세우고 앞좌석의 캔버스 지붕을 내렸다. 이 일을 마칠 즈음 빗줄기가 폭우로 변했고, 다시 출발하니 접좌석과 승객들에게 비가 마구 들이쳤다. 머트는 지혜롭게 몸을 안쪽으로 웅크려 거친 폭풍우를 피했지만, 부엉이들은 노출된 자리를 버리려 하지 않았다. 곧 깃털이 몸에 달라붙고 큰 날개가 흠뻑 젖어 처지는데도, 오히려 빗줄기를 즐기는 것 같았다.

폭우로 고생한 것은 어들리여서 위험하게 쿨럭대고 덜덜댔다. 마침 큰 건물이라곤 가게와 정비소, 두 군데뿐인 작은 마을로 접어들었다. 서부 평원에는 그런 마을이 버섯처럼 툭툭 불거져 있었다. 이 마을의 정비소는 허름한 판잣집이었고, 앞쪽에 고물 주유기 한 대만 달랑 있었다. 건물 앞면의 열린 검은 문으로 들어가면 정비소일 것 같아서, 아버지는 어들리를 몰고 질펀한 진흙 도로를 지나 건물 안으로 들어갔다.

정비소는 어둠침침했다. 높은 기둥들 틈에 흐릿한 전등 하나가 켜졌고, 희미한 불빛에 잔뜩 쌓인 고물 트랙터 부품과 고철 더미가 드러났다. 당장 정비공이 나타나지 않아서 우린 차에서 내려 그를 찾아야 했다. 그때 어들리의 오른쪽 후면 흙받기 근처에서 움직임이 내 눈에 들어왔다.

거기 그늘 속에 사내가 쭈그리고 앉아, 낡은 타이어 튜브를 두고 고심하는 듯했다. 그는 손에 타이어 레버를 들고서, 우리의 존재는 모르는 눈치였다.

우리는 최대한 참을성을 발휘해서 기다렸고, 결국 정비공은 튜브와 교감을 마치고 아주 느릿느릿 허리를 펴고 일어나기 시작했다.

접좌석에서 1미터 못 미쳐 그의 얼굴이 보였다. 그때 본 얼굴이 지금도 기억에 역력하다. 핼쑥한 주름투성이의 신경질적인 얼굴이었고, 면도한 지 1주일은 되었을 빳빳한 수염에 기름이 번졌다. 놀란 표정 때문에 창백한 얼굴이 더 도드라졌다. 반추동물에서 볼 법하게 턱이 움직이기 시작했다. 공기 외에 다른 걸 씹지도 않았는데.

그 순간, 올은 몸을 털기로 결정했다. 날개를 활짝 펴고 약간 뛰어오르며 멀리 사방에 물을 뿌렸다. 몸을 털자 부엉이의 모습이 변해서, 깃털이 젖었을 때보다 체구가 세 배로 커졌다. 놀라운 변화였지만, 올은 큰 부리를 딱딱 부딪치고, 노란 눈 위쪽의 갈기를 밀어올리고, 걸쭉한 소리를 내는 것으로 공연을 마무리하기로 했고 그 효과는 충격적이었다.

정비공의 얼굴에 최소한 그걸 의식했다는 기미가 나타났다. 턱을 움직이는 속도가 빨라지면서 두려운 표정이 번지더니, 필사적이고 아연실색한 얼굴이 되었다.

머트도 나머지 우리만큼 궁금했는지, 바로 이 순간 고글 쓴 머리통을 차의 가장자리로 돌리고 더 잘 보려고, 근시안들이 그러듯 정비공의 얼굴을 들여다보았다.

그는 더 견디지 못했다. 목구멍에서 올라오는 낮은 신음 소리를 내더니 타이어 레버를 어깨 너머로 내던지고 곧장 사라져버렸다. 하나뿐인 유리창이 깨져서 쏟아지는 소리는 듣지 못했다. 그는 뛰쳐나가, 비가 얼굴에 쏟아지는데도 머리 위로 양팔을 휘저으면서 진흙길을 달려갔다.

그가 외쳤다.

"아, 예수여! 아, 좋으신 예수님! 맹세컨대 저는 그러지 않았습니다!"

어머니는 충격을 받았다. 그런 말까지 하다니 어리석고 신성모독이라고 느꼈다. 하지만 어머니가 어떻게 알 수 있을까? 그 후 난 정비공의 숨은 죄가 무엇이었을지 자주 생각해본다. 그런 외진 작은 마을에서 이런저런 작은 죄들이 일어났을 테니.

1년 이상 지났고 올은 가족의 일원인 어른 새가 되었다. 그 전에 올이 생사람을 잡은 사건이 한 번 더 일어났다. 이즈음 올은 집새가 되어서 우리와 거의 똑같이 집을 이용했다. 말려봐야 소용없었다. 올은 창턱에 와서 뿔 같은 부리로 두드리면, 가족들이 유리가 깨질까봐 얼른 들여보내준다는 걸 배웠다. 더운 계절에 거실 창문 하나가 계속 열려 있었고, 올은 내키는 대로 이 창을 드나들었다.

올의 두 번째 여름, 새스커툰은 동부에서 신학교를 갓 졸업한 젊은 부사제가 부임하는 축복을 누렸다. 그는 신앙이 뜨거워서 우리 교구의 (그가 소속된) 신자 전원을 심방하는 일을 첫 임무로 삼았다. 부사제가 우리 집에 찾아온 것은 덥고 한가한 여름 오후였다.

그가 초인종을 울리자 어머니는 사랑받는 청년 사제를 반갑게 맞이했다. 그는 노련한 성직자들처럼 이마가 넓었지만, 대머리가 아니라 검은 곱슬머리가 덥수룩했다. 어머니는 부사제를 거실로 안내해서 차를 마시며 환담했다.

그는 벽난로와 마주 놓인 체스터필드 소파에 편안히 앉았다. 앤티크 소파 뒤쪽으로 2미터 못 미쳐 창문이 열려 있었다. 젊은 부사제는 찻잔을 균형감 있게 우아하게 들고 어머니와 대화했지만, 화제는 내 잦은 주일학교 결석이었다.

그날 올은 개미목욕을 하면서 오후를 보냈다. 이따금 올이 여가를 보내는 놀이로, 개미탑을 뜯은 다음 흙과 성난 개미떼를 섞어 깃털 아래에 두고 날개를 움직였다. 왜 그러는지 모르겠지만 부엉이는 그 느낌이 흡족한 듯했다. 아무튼 오후 4시쯤 목욕을 마치고 느긋한 기분이 되자 올은 안에 들어와 어머니에게 그 이야기를 하기로 했다.

오늘날까지 어머니는 올을 제대로 볼 짬이 없어서 손님에게 경고하지 못했다고 주장한다. 난 어머니가 제대로 봤지만 망연자실해서 입을 열지 못했다고 믿는다.

어른이 되면서 올은 감성적인 새가 되어 사람의 어깨에 가볍게 앉는 습관이 생겼다. 거기에 균형을 잡고 앉아, 큰 부리로 가까운 사람의 귀를 살짝 물면서 거칠지만 애정 담긴 호흡을 불어넣었다. 올을 아는 사람들은 모두 이 습관을 알았고, 일부는 질색했다. 올은 육식성 동물이어서 입냄새가 지독했다.

부엉이는 소리 없이 날고, 칼깃조차 버스럭대지 않는다. 올은 엉겅퀴의 관모처럼 사뿐히 창틀에 날아들었다. 열린 창에서 잠시 멈추었다가, 소파에 앉은 매력적인 어깨를 보자 그 좁은 공간에 내려앉았다.

그 관심의 대상은 공중으로 솟구치더니 정신없이 팔짝팔짝 뛰기 시작했다. 이것은 생각이 없는 반응이었다. 올은 균형을 잃고 순전히 무의식적인 반사 행위로 발톱에 힘을 주었다.

이제 부사제는 운동과 가창력이 뛰어난 청년임을 온몸으로 드러냈다. 그는 울부짖으면서 더 힘껏 폴짝폴짝 뛰었다. 더욱 죽어라 어깨에 매달린 올은 이런 반응이 무척 거슬려서 발톱에 힘을 더 주었고 결국 어른이 되어 처음이자 마지막으로 집 밖에서 용변을 보는 습관을 깨고……. 올이 놀라고 분노해서 일어난 결과였을 수도 있다.

오랜 세월 가족이 겪은 별별 시련 중에서 이 사건처럼 난감한 일은 없었다. 교회의 대들보였던 어머니가 가장 마음고생이 심했지만, 아버지와 나도 예외는 아니었다. 교회 관계자들이 이후 주일마다 모왓 일가의 헌금 봉투가 얼마나 두툼했는지 알아챘기를 바랄 수밖에 없다. 또 장로들이 신임 부사제의 근무 중 발생된 세탁비를 배상하는 상식적인 관용을 베풀었기를 바랄 밖에.

이제껏 말한 가족과 올, 웝스의 일화는 전반적으로 따뜻하고 선물 같은 관계를 부각한 단면에 불과하다. 가장 힘들었을 어머니까지도 올을 좋아했고, 함께한 3년간 녀석이 저지른 거의 모든 사고를 용서했다. 부엉이들이 문자 그대로 또 은유적으로도 자주 발에 치었지만, 같이 살 수만 있었다면 우리가 먼저 그 기회를 버리는 일은 없었을 것이다.

하지만 야생에서 데려온 동물들의 생이 거의 그러하듯, 둘 중 한 부엉이의 마지막 운명도 비극적이었다. 1935년 우린 영원히 서부를 떠났고 부엉이들을 데려갈 수 없음이 드러났다. 그래서 마지못해 새스커툰에서 320킬로미터 떨어진 농장에 사는 지인에게 우리 친구들을 의탁했다. 둘은 갓 태어난 새끼 부엉이들처럼 바깥 세계에서 무기력했으니, 당연히 놓아기를 수가 없었다.

1년 가까이 두 녀석의 좋은 소식이 들려왔지만, 그러다 무능한 웹스가 어찌어찌 우리의 철망에 목 졸려 죽는 사고를 당했다. 불과 몇 주 지나서 올이 철망을 찢고 사라졌다.

올이 영원히 사라졌다면 얼마나 좋을까.

서부를 떠나기 전, 나는 부엉이들에게 '미국 생물학적 조사'가 제공한 알루미늄 밴드를 부착했다. 어느 날 조사 기관의 편지를 받았다. 1935년 봄 새스커툰에서 내가 밴드를 부착한(필자는 조류의 이동 상황을 조사하기 위해 다리에 밴드를 묶을 수 있는 조류 표지 허가권을 취득했다 - 옮긴이) 수리부엉이가 1939년 4월 같은 도시에서 총격으로 죽었다는 내용이었다.

부엉이를 죽이고 밴드를 반납한 사람의 주소지가 적혀 있었다. 바로 우리가 올, 웹스와 살았던 집의 주소였다.

그러니 결국 올은 잘 알던 그 집으로 돌아갔다. 길을 찾는 데 3년이나 걸렸지만 결국 성공했다. 난 짐작할 수 있다. 올이 익숙한 포플러 고목에 앉았다가, 만족스럽게 창틀에 내려앉아 점잖게 큰 부리로 유리를 두드리면서 무슨 생각을 했을지…….

얼른 생명이 멎는 자비가 있었기를.

14

난장판 스컹크들

거의 모든 개는 결국 스컹크와 충돌한다. 그리고 이 경험으로 배운다. 똑똑한 개라면 앞으로 스컹크에게는 양보하는 게 상식이라는 결론을 내겠지. 습관적으로 위험을 자초하는 악동들조차 스컹크와 부딪힌 후에는 조심한다.

머트는 아둔하지 않았다. 무기력한 개도 아니었다. 그러니 머트가 스컹크와 부딪혀봤자 이득이 없다는 사실을 터득하지 못했다는 게 납득되지 않는다. 내가 알기로는, 스컹크를 공격하는 습성을 가진 동물은 수리부엉이밖에 없다. 하지만 수리부엉이는 후각이 없다시피 하고, 보통은 집에 살지 않고, 더구나 스컹크를 잡으면 먹는다. 한편 머트는 냄새를 아주 잘 맡고, 집에서 가족과 사는 습성이 있고, 더 예민한 존재인데다 날고기를 먹지 않았다.

머트가 스컹크들에게 완고한 태도를 보이는 합리적인 이유를 난 발견하지 못했다. 분명한 사실은, 머트가 두 번째 생일 이후 늘 그 익숙한 냄새를 풍겼다는 것이다. 때로는 강렬하고 때로는 희미했지만 틀림없이 독한 냄새가 허공에 감돌았다.

머트가 스컹크를 첫 대면한 것은 세 살로 접어든 이후였다는 점에 주목할 만하다.

일이 벌어진 때는 7월이었다. 대평원의 여름을 피해 우리는 카라반을 끌고 북쪽의 서스캐처원 숲 지대로 갔다. 로터스 호수에 작은 리조트가 있었다. 어머니가 새스커툰 성공회와 관계있어서, 우린 교단 소유의 외진 해안에 카라반을 주차하도록 허가받았다. 보통은 사제들과 직계 가족들에게만 허용되는 일이었다.

더할 나위 없이 쾌적한 곳이었다. 카라반을 개인 소유의 작은 만에 바싹 댔다. 선창가에 다이빙보드가 있어서 우리가 사용할수 있었다. 프라이버시가 모토인 곳이라 수영복을 입지 않고 수영하는 특권을 누릴 수도 있었다. 우린 리조트 주인들에게 충격을 줄까 조심스러웠지만, 꼭 필요하지 않으면 물속에서 알몸으로 있기로 결정했다.

곧 꼭 필요한 때가 왔다. 인근 물가에 젊은 성직자와 성직자의 젊은 딸이 많았다. 다들 달빛 뱃놀이에 매료되었고 우리의 개인 해안에 어쩔 수 없이 끌리는 모양이었다. 한밤의 뱃놀이는 은밀한 일일 수도 있어서, 우린 계속 주위를 살피느라 야밤 알몸 수영을 즐기지 못했다.

머트나 나보다 부모님이 이 상황을 더 짜증냈다. 나야 고작 열두 살이었으니 별로 걱정할 게 없었다. 부모님은 밤에 알몸으로 헤엄치는 즐거움을 포기했지만 머트와 나는 단호하게 밀고 나갔다.

머트는 수영을 잘했고 다이빙을 아주 좋아했다. 사실 다이빙 보드에서 뛰어내리는 걸 좋아해서, 머트가 보드 끝에서 천천히 아래위로 움직이면서 뛸 추진력을 얻는 광경은 독특했다.

어느 저녁 나와 머트는 카라반에서 나왔고 녀석이 앞서서 걸었다. 내가 해안에 도착하니 머트는 다이빙보드의 중간쯤에 있었고, 난 한발 늦어서 지켜볼 수밖에 없었다.

다이빙보드에 이미 다른 손님이 있었다. 그 끝에서 스컹크 한 마리가 달빛 비치는 물속에서 오락가락하는 통통한 농어들을 몽롱하게 바라보았다. 당시 머트는 아무것도 몰랐지만 그래도 어이없는 둔감한 면을 보였다. 머트는 이 알쏭달쏭한 약점을 처음 드러냈고, 장차 가족들은 이것 때문에 골치를 썩었다. 머트는 스컹크를 탐구하려는 노력을 하지 않았다. 그냥 고개를 숙이고 귀를 젖히면서 달려들었다.

스컹크는 방어하느라 1미터에 훨씬 못 미치는 거리에서 일격을 가해 머트를 한쪽으로 비틀대게 했고, 머트는 상당한 추진

력으로 물에 뛰어내려서 선창에서 제법 먼 곳에 빠졌을 것이다. 통증과 분노로 비명을 지르고 물을 마구 내려치면서 머트가 수면에 올라온 지점은 발로 때린 카누의 옆쪽이었다.

난 그때까지 카누가 있는 줄 몰랐지만, 해안의 다른 곳에 있던 사람들도 한참 후까지 배가 거기에 있는 걸 몰랐다. 머트가 배로 기어오르려 애쓰자 이미 산통이 깨진 젊은 커플은 당황했다. 예비 사제인 청년은 그 직업에 어울리는 점잖은 태도를 보였다. 하지만 교구 관리 사제의 딸인 아가씨는 통상적인 반응을 보였다. 교회에 어울리는 언어가 아니었고, 새스커툰의 험한 동네에서 거친 남자애들과 오래 어울린 나조차 그 욕설이 무척 인상적이었다.

머트에게 짜증났던 일은 곧 고마운 일이 되었다. 이후 로터스호수에 머무는 동안, 우리 구역에서 달빛 데이트를 하는 연인이 없었으니까. 우리의 개인 해안은 그 구역에서 악명 높았다.

이전 세월은 우리에게 유예기간인 셈이었다. 첫 대면 이후 머트와 스컹크는 늘 붙어 다녔으니. 한겨울에 잠깐 정지 기간이 있었지만 새봄이 되어 스컹크가 반 동면에서 깨자 다시 골칫거리가 되었다.

지리적으로 어디 있든 관계없는 듯했다. 한번은 30년 동안 스컹크가 발견되지 않았다고 알려진 곳으로 가족이 봄놀이를 갔다. 그해 봄 그 지역에 스컹크가 너무 많이 나타나 주민들이 놀랐고, 스컹크를 봤다는 사람이 100명이나 되었다.

스컹크를 끌고 다니는 통에 머트의 인기가 추락했고, 속으로 머트가 아예 없었기를 바라는 사람들도 있었다. 그중 가장 간절했던 사람은 1939년 6월 '해피 홈 묘지'의 장의사 조수였을 것이다.

'해피 홈'은 대도시인 토론토의 중심부에 자리하여 수 킬로미터의 아스팔트길로 야생 구역과 분리되어 있다. 하지만 묘역은 제법 푸르고 적어도 봄에는 새소리가 아름답다. 나무가 우거지고 실개천이 흘러 잿빛 도시 속의 오아시스이니 '해피 홈'이라는 이름이 어울린다. 누구나 거기서 행복감을 느낄 수 있었다. 머트와 나는 토론토에서 사는 동안 괴로움에 시달렸기에 거기 가면 행복했다. 둘이 '해피 홈'에 오래 머물며 새를 찾거나 하릴없이 버드나무 숲을 누비고 다녔다. 언젠가 우리처럼 '유배'된 꿩이나 토끼라도 만나리라는 꿈을 안고서.

지금 말하려는 사달이 난 6월 그날, 거대한 도시만 뿜어낼 수 있는 열기로 땀이 줄줄 흐르도록 더웠다. 머트와 나는 '해피 홈'으로 피신해, 반들대는 묘비가 늘어선 수 에이커의 묘역을 돌아다니면서, 무덤마다 땅다람쥐 굴이 숨어 있다고 상상했다. 자주 땅다람쥐를 떠올리면서 서글픈 회한에 잠기곤 했다. 머릿속으로 '해피 홈'에 작은 설치류가 우글대는 상상을 했지만, 고인들에게 무례를 범하려는 의도는 없었다.

한참 후 인공 연못 옆 나무숲에서 노랑아메리카솔새의 노래가 들려서 쫓아갔다. 새 구경에 큰 관심이 없는 머트는 흥미로운 통로를 찾을까 해서 킁킁대고 다녔다. 예기치 않게 길 하나를 찾자 날카롭게 왈 짖고는 계속 추적했다. 잠시 후 내가 고개를 돌리니, 나무들 속에서 흰 궁둥이가 보이지 않았다.

'토끼구나…… 드디어 나타났네!'라고 생각했고, 나도 그 구경을 놓칠 수 없어서 머트를 쫓아 달려갔다.

연못 뒤쪽 묘지 구역으로 가니 머트는 이미 몇백 보 앞에 있었다. 평소의 이상하게 비딱한 걸음 때문에, 허술한 배의 작은 돛이 강풍에 밀려 오른쪽으로 흔들리는 모양새와 비슷했다. 사실 머트는 바람에 맞서 빠르게 직진했다.

가벼운 바람이었지만 제법 불었다. 바람이 머트와 내게 가만히 밀려왔고 난 걸음을 멈추었다. 쓸쓸했다. 토끼이기를 간절히 바랐건만.

앞의 광경을 바라보니 멀리 심각한 펭귄 같은 집단이 보였다. 난 매장 중인 걸 알자 충격에 빠졌다. 미친 듯이 휘파람을 불었지만 머트는 귀를 닫았다. 광적인 열정에 달아올라 단호하게 계속 성큼성큼 걸었다.

이즈음 머트는 뒤쪽에서 조문객들에게 빠르게 다가갔고, 사람들은 아무것도 의식하지 못했다. 하지만 내 휘파람 소리를 장의사의 조수가 들었는지 키 큰 청년이 천천히 고개를 돌렸다.

그는 나를 보지 못했다. 난 이미 그를 운명에 맡기고 버드나무 사이로 숨어버렸다. 하지만 그는 미친개처럼 다가오는 머트를 보았다.

스컹크는 그해 봄에 태어났는지 작았고, 낯선 환경 속에서 얼빠진 상태였음이 틀림없다. 스컹크는 더 무서운 적이 머트일지, 높은 모자를 쓴 큰 체구의 남자일지 가늠하면서 비석들 사이를 걷느라 엉뚱한 방향으로 빠졌다. 스컹크는 눈에 띄지 않았고, 장의사의 조수나 머트가 봤는지 모르겠지만 적어도 머트는 스컹크가 인근에 있는 걸 느꼈다. 조수는 몰랐다. 그가 쫓아버릴 목적으로 머트를 향해 달리기 시작했다. 입을 씰룩거리며 성난 모습이었다.

셋은 바람이 부는 쪽의 분홍색 대리석 기둥 밑에서 완벽하게 타이밍을 맞춰 마주쳤다.

심란한 사고였지만 보답이 없지는 않았다. 이 일로 부모님은 대도시가 우리 가족에게 맞지 않다고 확신했다. 아버지는 당장 60킬로미터 남짓 떨어진 마을로 이사하기로 결정했다.

거칠 것 없는 서부를 떠나온 내가 보기에 이 마을은 이상한 곳이었다. 고래수염(코르셋의 받침으로 쓰인다 - 옮긴이)이 삐걱대는 꼬질꼬질한 코르셋 같다고 할까. 흔히 캐나다 동부의 마을 분위기로 여기는 꼬장꼬장한 기품이 흘렀다. 나는 또래 아이들 속에서 편하지 않았고, 그들의 노골적으로 드러내는 적대적 태도에 당황했다. 이웃들의 감시가 이해되지 않았고, 우리를 둘러싼 의심의 장막을 뚫을 방도를 찾을 수가 없었다.

어쩌면 이사 들어간 주택 자체가 냉대의 원인이었다. 이전 거주자는 조각가로, 재능이 없는 걸 호전적이고 비상식적인 '모더니스트' 시늉으로 숨겼다. 집 곳곳에 그의 실험들이 있었고, 일그러진 자아의 결과물로부터 도피할 수단으로 집을 판 것 같았다. 작품 대부분이 누드 여자 토르소의 심드렁한 반복이었고, 퍽 난해한 것들도 있었다. 특히 한 작품이 기억난다. 돌진하는 기관차에 치인 자전거 바퀴처럼 생긴 나무 조각상이었다. 제목은 '영혼의 구멍들'. 무슨 이유인지 머트는 이 조각상을 싫어해서, 우리가 뒷마당으로 치울 때 내내 옆에 서서 못마땅해서 이빨을 드러내고 노려보았다.

그럼에도 이 집이 힐난 받는 이유는 사라진 조각가의 인성 때문이 아니었다. 그가 예술가라는 사실이 온타리오 시골 어디서도 그와 그가 사는 집에 의심의 눈길이 쏠리게 했을 것이다. 중부 온타리오의 마을들은 의심스런 문화에 가장 철저히 벽을 쌓는 곳이다. 그들은 성 이냐시오 로욜라(16세기에 예수회를 창립한 사제로 성인에 봉인된다 - 옮긴이)라도 감탄했을 만큼 완고하다.

우리는 이 집 때문에 냉대 받는다고 생각했다. 하지만 거창한 과거를 지닌 집이라도 우리에게 맞았다. 현관문은 한적한 공동체의 외곽 쪽으로 나 있었지만, 작은 통로들을 지나 안쪽으로 가서 뒷문을 열면 트인 시골 풍경이 펼쳐졌다. 이 얼기설기 뻗은 들녘은 머트와 나뿐 아니라 다른 동물들에게도 천국이었다. 스컹크 가족에게도 덜하지 않을 터였다.

우린 스컹크를 하루가 멀다 하고 봤기에, 여기서도 체념하고 나타나기를 기다렸다. 그런데 믿을 수 없게도 스컹크가 오지 않았다. 이유를 모르겠다. 머트도 우리가 사회적으로 심각하게 고립된 걸 느꼈는지 스컹크와 싸울 생각을 하지 않아서 그랬을까. 표면적인 전투는 없었지만 우린 계속 불안하고 경계했다. 그러다 첫 서리가 내리자 스컹크들이 겨울 집에 들어갔다고 믿을 수 있었다.

집의 지하실은 흙바닥이었고, 겨울에 먹을 야채와 저장 음식을 보관했다. 프린스에드워드 카운티 사과도 한 통 있었다. 지하실로 가는 옥외계단 입구를 큰 문짝 두 개로 막아서 앞으로 내릴 서리에 대비했다. 어느 일요일, 아버지와 나는 바닥에 난 구멍들을 세심하게 막았다. 작업을 마친 후에는 쥐 한 마리도 들고나지 못할 터였다.

이 시기에 우리 집에는 서부에서 데려온 가정부 한나가 있었다. 대평원에 곡식을 먹는 튼튼한 여인이 많은데 한나도 그런 축에 들었지만 썩 좋은 머리를 타고나진 못했다. 하지만 엉뚱하긴 해도 상상력이 뛰어났다. 환상에 잘 빠졌다. 그래서 지하실의 통에 담긴 사과가 유난히 빨리 줄어드는 걸 알아차리고 상상력을 발휘해서, 머트의 짓이라고 정식으로 불평했다. 그녀는 환상적인 장면을 그려냈다. 기나긴 겨울밤, 머트가 통을 휘저어 사과를 꺼내 부지런히 씹어 먹는 광경. 우린 안타깝지만 그럴 리 없을 거라고 대답했다.

용의자 명단에서 머트가 제외되자 한나는 한동안 갈피를 잡지 못했다. 하지만 오래가지 않았다. 한나는 끈질긴 여성이었다. 어느 날 아침 식탁에서 그녀는 사과가 줄어드는 문제의 독특한 해답을 제시해서 우리를 경악시켰다.

한나가 아버지에게 오트밀 그릇을 주더니, 자진해서 의견을 말했다.

"귀신들이 사과의 절반을 먹은 거유."

아버지는 잠깐 이 말을 두고 궁리하더니, 살짝 떨면서 그릇으로 시선을 떨구었다. 나는 더 놀랐다.

"무슨 귀신?"

내가 물었다.

한나는 참아준다는 눈빛으로 날 바라보았다. 그녀가 참을성 있게 설명했다.

"거야 사과 귀신이제. 고것이 프린스 헨리의 집에서 가져온 사과를 죄다 먹고 씨를 던져놓은 거여."

이 일이 있은 후 우리가 샅샅이 조사를 하자 한나는 안심했지만 이후 귀신은 없고 스컹크 한 마리가 있다는 결과를 듣자 실망했다.

스컹크는 얌전한 녀석으로, 털에서 냄새가 나지 않는 걸로 봐서 겨울에 지하실에 들어올 때까지 무난한 생활을 한 게 분명했다. 내가 손전등을 비추어서 발견했을 때 스컹크는 저장 음식 찬장 밑에 있었다. 화난 기색 없이 눈을 깜빡이면서 사과하는 듯이 머리를 조아렸고, 겁먹지도 공격적이지도 않았다. 우리가 해치지 않으리라 예상한 지 오래임이 분명했다.

며칠간 우리는 어리석게도 스컹크를 내보낼 수단을 강구했다. 스컹크의 존재를 알게 된 머트는 나름의 계획을 세우고, 실천하고 싶어 안달하다가 지하실 문을 긁어 구멍을 냈다. 우린 머트의 결정을 신뢰하지 않았다.

우린 곧 이성적으로 생각해서 휴전을 결정했다. 어쨌거나 사과가 필요 이상으로 많았고, 스컹크가 우호적이니 그대로 살게 두기로 했다.

상황이 아주 잘 돌아갔다. 스컹크는 야채저장실에서 지내면서 필요한 만큼 사과를 먹고 아무도 성가시게 하지 않았다. 우린 스컹크의 존재를 조용히 받아들였고, 누군가가 감자 통을 뒤질 때 몇 걸음 거리에서 스컹크가 사과를 씹어 먹어도 이상하지 않았다.

이 조화로운 상태가 지속되어 봄에 스컹크가 제 발로 나갈 수도 있었으리라. 우리가 만난 적 없는 사내만 없었다면 말이

다. 그의 이름조차 기억나지 않지만, 현재 미국 남부의 어느 주에 산다는 건 안다. 동물 전문가로 통하는 사람으로, 조류와 동물들에 대해 자신 있는 글을 써서 독자들은 그가 동물들의 숨은 생각을 안다고 믿는다. 크리스마스 직전, 이 사람은 제법 유명한 사냥 잡지에 스컹크에 관련된 글을 게재했다.

나는 글을 읽고 깊이 감명 받았다. 필자는 스컹크를 다루는 확실한 방법을 터득했고 선심을 베풀어 그 비법을 세상에 알려 주었다. 그 방법의 핵심은 정원용 호스였다. 호스를 스컹크의 뒤쪽 몇 인치 지점에 겨눠서 물줄기가 땅에 부딪혀 살짝 위로 솟구치면, 거기 사는 스컹크를 안전하게 내보낼 수 있다는 걸 발견했다. 필자는 스컹크의 습성을 분석하면서 왜 이 방법이 효과적인지 설명했다. 그는 이렇게 적었다.

'스컹크는 불편함이 자연적인 원인에서 나온다는 인상을 받으면, 보복을 시도하지 않고 민첩하게 움직인다.'

크리스마스 방학이 시작되려면 1주일이나 남았고, 학기말 며칠간 난 지루하고 심사가 사나웠다. 부모님이 친가가 있는 오크빌에 사흘간 다니러 가서 집에는 나와 한나만 있었다. 나는 잡지를 내려놓고 아래층으로 내려갔다.

변명을 하자면, 적어도 체계적으로 접근했다고 주장할 수 있겠다. 옥외에서 지하실로 내려가는 문짝을 힘들여 여는 게 첫단계였다. 그런 다음에야 지하실로 들어가 정원용 호스를 세탁용 수도에 연결했다. 호스에서 물이 콸콸 나오자 야채저장실로 들어가서 스컹크의 위치를 파악한 후, 스컹크의 바로 뒤쪽 땅바닥에 물줄기를 겨냥했다.

스컹크가 화들짝 놀라 조르르 달아나 구식 온풍로 뒤로 갔다. 나는 호스를 들고 천천히 쫓아가 스컹크를 외부에서 지하실로 연결된 계단 쪽으로, 그 열린 문 쪽으로 밀어냈다. 스컹크는 시무룩하게 이동했지만, 필자가 예견한 대로 보복하려는 시도는 하지 않았다. 승리가 눈앞에 왔을 때, 스컹크가 나가는 길에 장애물이 없는지 확인하려고 옥외로 이어진 계단을 올려다보니…… 네모난 추운 파란 하늘 앞에 머트의 얼굴이 떡 있지 뭔가.

난 머트가 곧 뛰어들려는 참이라는 걸 알아차렸고, 어떤 결과로 이어질지 깨닫자 순간적으로 이성이 마비되었다. 본능적인 반응으로 머트를 조준하려고 호스를 들었지만, 중간에 스컹크가 있다는 사실을 잊어버렸다. 그래서 솟구친 물줄기가 스컹크에게 정통으로 쏟아졌고 스컹크는 깜짝 놀랐다. 머트 역시 물을 맞았지만, 이때는 이미 늦어서 이러나저러나 중요하지 않았다.

분노와 괴로움에 눈물이 앞을 가렸지만 이제 자포자기 상태가 되었다. 머트와 스컹크가 지하실에서 접전을 벌이자 난 쫓아가서 호스를 무차별적으로 휘둘렀다. 가끔 스컹크의 일격에 나는 비틀대면서 지하실 문 쪽으로 밀려났다. 그때마다 부아가 치밀어 싸움터로 돌아갔다. 우린 옥신각신하면서 야채저장실로 들어가 온풍로 뒤편을 지나 계단 밑으로 갔다. 점점 공기가 텁텁해졌고, 하나뿐인 전구가 누렇고 뿌연 허공을 희미하게 비추었다.

머트가 먼저 싸움을 그만두고 바깥문으로 나가버렸다. 스컹크는 지치고 시달린 채로 머트를 바싹 뒤쫓아 가버렸다. 나는 아직도 물이 나오는 호스를 든 채 혼자 남았다.

깊은 적막이 흐르다가 위쪽 어디선가 한나의 쩌렁쩌렁한 소리가 들렸다.

"성모 마리아님! 성모 마리아님…… 난 떠날 거여!"

그녀가 외쳤다.

결국 한나는 떠나지 않았다. 우리가 서스캐처원에서 너무 멀리 있었고, 그녀는 어느 쪽에 고향이 붙었는지도 몰랐으니까.

그 집에 오래도록 고통이 자리 잡았다. 추운 날씨에도 난방을 꺼야 했다. 난로가 지하실에서 나오는 연기를 빨아들여서 멋대로 순환시켰기 때문이다. 겨울바람에 모든 창문과 문을 열어도 지하실은 늘 귀신이 있는 곳과 다름없었다. 물과 섞인 스컹크 기름이 흙바닥에 스며들어 지금도 완전히 없어지지 않았으리란 의심이 든다.

이렇게 힘든 시기에 이웃들은 다가오기는커녕 더 멀어졌다. 한 사람의 말에 그들 모두의 의견이 담겨 있었다.

"저런 집에 살려는 사람들에게 달리 뭘 기대하겠어요?"

그녀는 우쭐해서 말했다. 스컹크와 문화가 이상야릇하게 뒤섞여서 그녀의 마음에 자리 잡은 게 확실했다.

부모님은 직접적으로 체벌하지는 않았지만, 그 일이 벌어진 다음 날 내가 등교해야 된다고 주장했다. 나는 자비를 구했지만 소용없었다. 고개를 푹 숙이고 느릿느릿 학교로 향했다.

한파가 몰아친 날이었고 학교는 지나치도록 따뜻하게 난방이 되었다. 수업 전 운동이 끝나기 전, 내 주변 1.5미터 반경은 다 빈 책상이었다. 나는 겸연쩍고 고통스런 섬처럼 앉아 있었고 결국 선생님[이름이 미스 레더바텀Leatherbottom('가죽 엉덩이'라는 뜻이다 – 옮긴이)]이 나를 앞으로 불러서 쪽지를 주었다. 간단했다. '집에 돌아가'라고 적혀 있었다.

감내하기 벅찬 치욕적인 경험이었지만, 몇 년 후 머트의 스컹크에 대한 열정 때문에 당한 정신적인 고문에 비하면 아무것도 아니었다.

내 외조부모님은 퀘벡의 외진 고지대에 별장과 호수를 소유했고, 여름이면 몇 달간 여기서 가족들이 모였다. 다른 여름 휴양지 같은 끔찍한 일들이 벌어지지 않아서 전반적으로 즐거운 기억이 남는 곳이었다. 뚱뚱하고 멍청한 남자들이 모터를 외부에 장착한 차를 몰고 굉음을 내며 시속 80킬로미터로 질주하는 일도 없었다. 도시의 슬럼가처럼 해안에 줄줄이 성냥갑 같은 흥한 집이 다닥다닥 붙어 있지도 않았다. 대신 소박한 통나무집 한 채와 숙소가 결합된 더 소박한 보트하우스가 있었다. 그 외에는 숲에 검은 그늘이 지고 위안을 주는, 호수가 내려다보이는 오래된 언덕들이 있을 뿐이었다.

토론토의 공포와 그에 못지않은 온타리오 마을의 공포를 겪은 후 나와 머트에게 이곳은 축복의 땅이었다. 또 내 첫사랑의 배경이기도 했다.

아가씨는 인근 호숫가에 별장을 가진 유복한 의사의 딸이었다. 그녀 역시 나를 의식하지 않는 것은 아니어서 내 자작시에 호감을 보였다. 당시 나의 주 관심사는 시였다. 내 자작시는 좀 감상적이었지만 그녀는 내가 낭송하면 귀담아들어주었다. 그녀가 유난히 감동했던 것 같은 시구가 기억난다. 버림받은 연인의 운명에 대한 구절이었다.

여전히 눈먼, 초점도 꺼풀도 없는 그의 눈길은
긴 푸른 하늘을 열심히 훑는다.
시신의 눈길…… 움푹한 눈 위에
부지런히 발을 비비는 파리가 매달리지 않았다면.

난 제법 괜찮은 시라고 생각했고 그녀도 마찬가지였다. 우리의 만남이 좋은 결과를 이룰 수도 있었으련만 1주도 안 되어 잔

혹하게 끝나고 말았다.

토요일마다 인근 카자바주아(좋은 지도라면 그 지명이 나온다) 마을에서 댄스파티가 열렸고, 나는 그런 행사에 아가씨를 데려갈 준비를 했다. 댄스파티 전날인 금요일 밤, 여름 천둥이 쳤지만 난 걱정하지 않고 꿈에 젖어 침대에 누워 있었다. 하지만 그 폭풍우가 내 인생을 뒤흔드는 결과를 가져올 줄이야.

우선 거센 강풍에 집 근처에 200년간 있던 웅장한 노송이 뿌리째 뽑혔다. 나무가 쓰러지자 뿌리 밑에 굴을 팠던 스컹크 가족이 밖으로 나왔다. 스컹크들은 곧 다른 쉼터를 구하다가 집의 바닥 밑을 찾아냈다. 환기를 위해 비워둔 공간이 있었다. 안타깝게도 여전히 폭풍우를 겁내는 머트가 이미 이곳을 피난처로 삼아서, 새 입주자들이 들어설 자리가 없었다.

노송이 쓰러졌을 때 부모님과 조부모님은 난롯가에 앉아 있었다. 늘 자연재해를 개인적인 모욕으로 받아들이는 경향이 있는 할머니는 분노했다. 할머니는 서성대기 시작했고, 창가를 지나면서 망가진 풍경을 내다보고는 선언했다.

할머니가 큰 소리로 말했다.

"절대 다른 나무는 심지 않을 거야. 또 바람에 쓰러질 텐데 나무를 심은들 무슨 소용이 있누?"

할아버지는 현명하게 그냥 넘겼지만 부모님이 이 말의 의미를 곱씹을 때, 네 사람은 이상한 불협화음을 의식했다. 발밑에서 이상하고 숨죽인 소리가 났다. 후다닥 달아나는 소리, 콧소리, 으르렁대는 소리, 묘하게 재잘대는 소리. 어지간해서 동요하지 않는 할머니까지도 어리둥절했다. 할머니가 발로 바닥을 두드리면서 소리쳤다.

"이게 다 무슨 난리야?"

나무 바닥은 단단하지 않았다. 바닥 밑에 마루가 깔리지 않아서 할머니는 곧 이유를 파악했다. 어른 넷의 무감각한 무심함이 지금도 난 용서되지 않는다. 그들은 당장 집에서 빠져나가 호숫가의 보트하우스 숙소로 피했다. 날 운명에 던져놓은 채로.

곧 나는 잠에서 깼다. 발밑의 소동이 점점 요란해지고 숨 막히는 악취가 번졌다. 난 오리털 이불을 집어 코를 파묻고 부랴부랴 문으로 가서, 호수로 이어지는 가파른 통로를 미끄러지기 시작했다. 천둥이 치고 비가 마구 쏟아졌다. 번개가 번쩍할 때 두세 걸음 앞에서 스컹크의 겁먹은 흰 얼굴이 보였다. 바닥 밑의 전투에서 정신없이 피난 중임이 분명했다.

난 멈출 수가 없었다. 맨발로 경사진 흙바닥에 마찰을 일으켜서 속도를 늦추려 했지만 소용없었다. 스컹크와 나, 둘 다 미끄러져서 통로 끝에서 오리털 이불 속에 하나로 엉키고 말았다.

어른들은 날 오두막 숙소에 들여보내주지 않았다. 할머니는 문을 꽉 닫았다.

"네 개가 벌인 짓이잖니…… 가서 그놈이랑 자거라."

할머니가 말했다. 전에 없이 냉랭한 말투였다.

사실 나는 밤새 뒤집힌 나룻배 아래서 잤다.

토요일 새벽 동이 트자 석탄산 비누를 들고 호수에 들어갔다. 그 괴로운 하루, 틈틈이 토마토주스, 등유, 테레빈유, 속돌로 실험을 했고, 완전한 효과를 내는 방법은 없었지만 저녁 즈음에는 스컹크 냄새가 상당히 빠졌다. 적어도 내 코에는 냄새가 나지 않았고, 이 헛된 믿음을 안고 파트너를 댄스파티에 데려가려고 출발했다.

나란히 몇백 미터를 걸었는데 저녁 바람이 제법 불었다. 그녀 쪽에서 바람이 불어온 덕분에 난 당장 들키는 걸 피했다. 하지만 그녀는 경계했다.

"서둘러. 근처에 스컹크가 있나 봐."

곧 그녀가 말했다. 공포에 질린 목소리여서 무척 놀라웠다. 늘 겁 없는 아가씨로 보였는데.

댄스파티가 열리는 헛간은 북적댔다. 석유램프들이 켜졌고, 참기 힘들 만치 더웠다. 첫 댄스곡이 끝나기 전에 난 결국 들키리란 걸 알았다. 그런데 한 곡도 쉬지 않고 재빨리 사람들 사이를 누빈 덕분에 냄새의 장본인으로 지목되는 걸 피할 수 있었다. 그제야 안심했는데, 댄스 시작 반시간 만에 아가씨가 팔을 잡으면서 당장 집에 데려다달라고 소곤댔다. 그녀는 다른 사람들을 흘끔대면서 힘든 표정을 지었다.

헛간 밖으로 나오자 내 죄를 고백해야 될 것 같았다. 내 파트너는 유머 감각이 있는 사람이니 그 사건을 재미있어 할 게 확실했다. 그녀의 집 앞 통로에 서서 난 죄다 털어놓았다.

그녀는 입을 벌리고 내게서 몸을 돌리더니, 악마에게 쫓기듯 달아났다. 그리고 오늘날까지 다시 그녀의 얼굴도 못 봤다.

사정을 설명해준 사람은 그녀의 오빠였다. 어느 날 동네 잡화점에서 그와 마주쳤다. 그에게 동생이 나를 피하는 이유를 말해달라고 졸랐다.

그는 호탕하게 웃었다.

"몰랐어?"

그가 물었다. 멍청한 질문이었다. 내가 어떻게 알 수 있으리오? 그가 다시 말했다.

"아, 웃긴 일이지! 스컹크 냄새 때문이라니."

그는 웃음이 가신 후에야 다시 설명했다.

"제인이 그 냄새에 알레르기가 있거든…… 두드러기가 나서 말이야…… 온몸에…… 그게 한 달이나 간다니까!"

15

항해와 해안

아버지가 온타리오로 돌아와서 살기 위해 한 첫 번째 일은 10년의 꿈을 실현하는 것이었다. 배를 샀다. 이번에는 카누가 아니었다. 진짜 배, 어느 항해자든 자랑으로 여길 만한 선박이었다.

배는 몬트리올에서 왔고, 원래 노르웨이에서 북대서양에 맞게 설계된 형태의 더블엔더(전후 어디서나 앞뒤를 바꿀 수 있는 배 - 옮긴이)로 '레드닝스스코이테'라 불렀다. 큰 검은 배로, 아버지가 감상적으로 말했듯 '골격이 크고 가슴이 깊고 풍만한 서구 여자'같이 튼실하고 잘 만든 배였다. 돛대가 두 개인 범선이었다. 루넌버그에서 제작된 돛은 붉게 빛났다. 배의 안팎이 단단하고 항해에 알맞았다.

아버지는 몬트리올에서 혼자 배를 몰고 왔다. 토론토에 많은 반질대는 마호가니 요트들(때로 마스트에서 긴 삼각기 대신 색 테이프가 휘날리는 요트들) 틈에 도착한 배는 다마사슴떼 속의 애버딘앵거스(스코틀랜드 애버딘 산의 검은 소 - 옮긴이)처럼 어울리지 않았다. 크림색 플란넬과 요트용 모자를 쓴 짓궂은 사람들은 우리 배를 조롱했다. 배 이름을 보고 박장대소했다.

그들은 큰 소리로 말했다.

"'스카치 보닛Scotch Bonnet'(스코틀랜드 보닛. '보닛'은 여자들이 쓰던 천 모자. 'scotch bonnet'은 '바닷고둥'이라는 뜻도 있다 - 옮긴이)! 무슨 배 이름이 그래? 남들처럼 '레이마'나 '빌-진' '소시 수 VIII'이라고 지으면 안 되나?"

하지만 그들은 우리 모자[케이스네스(스코틀랜드의 주 - 옮긴이)에서 직수입한 발모랄(스코틀랜드의 지명. 영국 왕실의 성으로 유명하다. '발모랄 캡'은 '킬마녹 캡'이라고도 하며 체크무늬 모직으로 만든 방울 달린 스코틀랜드 고유의 모자 - 옮긴이)]를 보자 이해 못할 사람들임을 깨닫고 그 후로 모른 체했다.

'스카치 보닛' 호는 개의치 않았다. 이름의 출처를 잘 알고 그걸 자랑스러워했다. 프린스에드워드 카운티 아래쪽 온타리오 호에 우뚝 솟은 검은 화강암 바위의 이름이 '스카치 보닛 록'이다. 증기선에 밀려나기 이전 시대에 곡물 스쿠너선을 몰던 진짜 뱃사람들의 마음에 우뚝 자리 잡은 곳.

'스카치 보닛'은 항해자들에게 깊은 영감을 주는 배였고(지금도 그렇다) 머트도 매력을 알았다. 머트는 '콘셉시온'을 타봤기에 경험 없이 '스카치 보닛'에 오른 게 아니었다. 그런데도 다른 개였다면 첫 항해로 영원히 배에 등을 돌렸을 만도 했다.

9월 첫 주, 아버지는 나와 머트를 배에 태우고 퀸트 만의 호수로 가겠다고 발표했다. 집에서 차를 타고 토론토의 방파제 안쪽에 있는 정박지로 이동했다. 거기에 도착하니 돌풍이 우리를 맞이했다. 폭풍경보가 발표되었고, 큰 물결이 80킬로미터로 밀려와 해안의 콘크리트 방파제를 때렸다.

우린 작은 배에 타고 노를 저어 정박한 '스카치 보닛'으로 가는 것밖에 할 수 있는 일이 없었다. 하지만 머트는 이 경험이 즐거운 듯했고, 잔뜩 신나서 '스카치 보닛'의 든든한 갑판으로 뛰어 올라갔다.

계류용 밧줄을 풀 준비로 미즌마스트를 올리자마자 해안경비선이 우리를 향해 다가왔다. 대형 동력 순항선이지만, 경비선들이 그렇듯 북대서양 항해용으로 건조된 배였다. 나는 배가 보호수역의 물 위를 허우적거리며 흔들흔들 다가오는 광경을 놀라서 바라보았다. 그들이 우리 옆으로 배를 대면서 메가폰으로 경고를 외치자 난 경계심이 더 커졌다.

해경이 권위적인 목소리로 외쳤다.

"거기, 오늘은 밖으로 나갈 수 없습니다. 폭풍경보가 내려졌습니다!"

경찰관을 상대할 줄 아는 아버지는 그냥 웃으면서 게일어(스코틀랜드 등의 토착어 - 옮긴이)로 대답했다. 경관들은 물러나지 않고 몇 번이나 의사소통을 시도했지만, 옆으로 큰 물살이 쳐서 배를 뒤덮을 정도가 되자 외국인들을 운명에 맡기기로 하고 물러갔다.

아버지는 내 얼굴을 쳐다보았다. 아버지가 몰아치는 바람 사이로 소리쳤다.

"서둘러라. '스카치 보닛'의 자매선은 대서양을 두 번 건넜다. '레드닝스스코이테'에게 이 정도야 산들바람이지. 내가 지브(뱃머리의 큰 돛 앞에 다는 작은 돛 - 옮긴이)를 올리면 계류용 밧줄을 풀 준비를 해라."

나는 준비를 했지만 그리 흔쾌하지 않았다. 잠시 후 '보닛'은 출발했고 배의 앞쪽 밑에서 산사태 같은 물살이 부서졌다.

우리는 미즌마스트와 지브만으로 광활한 호수로 나아갔고, 그 바람 속에서 이 정도 돛으로 충분했다. 곧 토론토 섬을 벗어나자 앞에 이상한 풍경이 보였다. 처음에는 술 취한 숲이 어두운 폭풍 속에서 우리 쪽으로 비틀대며 오는 것처럼 보였다. 이 현상이 당황스러웠지만 결국 아버지가 상황을 파악했다.

아버지가 명랑하게 외쳤다.

"봐라, 로체스터에서 오는 호수 횡단 레이스 행렬이구나…… 요트 선수들…… 다들 베어폴(돛을 달지 않은 상태로 항해하는 것 - 옮긴이) 상태로 피난처를 향해 내빼는군."

우리는 그들을 향해 가면서 요트들이 맨몸뚱이와 다름없다는 걸 알았다. 스물다섯 척이나 되는 배 전부, 심지어 8미터짜리 대형선도 돛 하나 없었다. 물이 갑판 끝까지 파랗게 물들일 정도로 뱃머리가 내려앉았고 조종실은 개인 수영장과 다름없어서 보기에 아찔했다.

아버지는 앙심을 품는 사람이 아니었지만 충동을 누르지 못했던 것 같다. 아버지가 외쳤다.

"키를 잡아라."

그 말과 함께 아버지는 빨간 대형 주돛(배의 돛들 중 가장 크고 중요한 돛 – 옮긴이)을 올리기 시작했다.

우리는 제2의 '플라잉 더치맨'(폭풍 치는 밤에 희망봉 주변에 출몰하는 배로, 이것을 보면 불운에 휘말린다는 전설이 있다 – 옮긴이)처럼 초토화된 선단 사이를 내달렸고, 지나면서 '보니 던디의 보닛It's Up Wi' the Bonnets of Bonny Dundee'을 목이 터지게 불렀다.

신나는 순간이었지만, 방향을 바꿔 해안을 따라 동쪽으로 내려가면서 반시간째 머트가 안 보이는 걸 알았다. 나는 머트를 찾으러 아래층으로 내려갔다.

머트는 내 침상에 있었다. 주돛의 앞쪽이라서 가장 많이 흔들리는 자리였다. 머트는 꼬리를 침상 밖에 늘어뜨린 채 베개에 머리를 대고 널브러져 있었다. 이미 죽었다고 믿거나 그러길 바라는 것 같았다. 내가 다가가도 눈만 굴릴 뿐 의식하지 못했고,

나는 그 핏발 선 둥근 눈을 보자 불쑥 겁이 나서 다시 갑판으로 뛰어갔다.

아버지에게 머트가 죽어간다고 말했다.

"기운을 차릴 게다."

아버지가 말했다.

물론이었다. 다음 날 동틀 무렵 머트는 일어나서 다시 돌아다녔지만, 이후 폭풍경보가 내려질 때는 처음 바다에 나간 날과 똑같은 태도를 보였다.

머트에게 잘 맞는 항해 스타일은, 프린스에드워드 카운티의 높은 해안들 아래쪽에 숨은 아기자기한 작은 만에 닻을 내리는 것이었다. 그러면 머트는 두 세계의 장점을 만끽했다. 우린 '스카치 보닛'의 옆에 작은 배를 매달았고, 머트는 육지에서 다리 운동을 하고 싶을 때마다 작은 배에 뛰어내려 배의 가장자리를 넘어 해안으로 헤엄쳤다. 정박지로 선택한 작은 만들은 보통 외진 야생 지대였고, 머트는 좋아하는 놀이(가재잡기)에 마음껏 몰두할 수 있었다.

가재잡기는 해양 놀이다. 이 놀이를 위해 머트는 수심이 어깨높이인 곳까지 들어갔다. 그런 다음 수면 아래로 얼굴을 넣고 눈을 크게 뜨고서, 가재가 숨을 만한 납작한 돌들을 찾아다녔다. 코로 돌을 뒤집으면, 물이 맑아서 다른 피난처를 찾아 달아나는 사냥감이 똑똑히 보였다. 가재는 바닷가재와 동족이어서 무서운 집게발을 가졌지만, 머트와 맞서면 무용지물이었다. 머트는 가재를 앞이빨로 덥석 물었고 결국 가재는 무장해제 되었다. 가재가 힘이 빠지면 머트는 입 속에 넣고, 머리를 물 밖으로 내밀고서 맛있게 먹었다.

가재잡이를 하는 머트는 눈요깃거리였다. 퀸트 만의 한 농부가 뒤에서 동료들이 쟁기질을 하는데도 한 시간이나 서서 구경한 적도 있다.

가재가 풍부하지 않거나 작은 만이 진흙탕이면 머트는 개구리를 사냥했다. 개구리를 잡아도 먹지 않았으니 순전히 재미를 위한 사냥이었다. 또 마른 땅에서는 개구리를 잡지 않았다. 개구리를 물속까지 추적해서 바닥 어디쯤 웅크리고 있는지 파악했다. 그런 후 머리를 내리꽂았고, 대개 개구리를 입에 가만히 물고 물 밖으로 나왔다. 속도와 정확성에서 머트의 경쟁자는 커다란 왜가리밖에 없었다.

육지가 싫증나거나, 전에 소떼를 쫓아다닌 결과로 농부와 감정이 안 좋으면 머트는 작은 만으로 들어가 다시 작은 배까지 헤엄쳤다. 이게 머트에게 이상적인 삶이었다.

내게도 이상적이었지만 난 화창한 날 '스카치 보닛'이 돛을 펼치고 섬과 수로를 누비는 게 더 좋았다. 당시 난 조류 표지 허가권을 취득했고, 프린스에드워드 카운티 주변의 많은 작은 섬과 모래톱은 바다갈매기와 제비갈매기가 빼곡한 번식지였다.

'스카치 보닛'은 나를 거의 모든 서식지로 데려다주었고, 난 두 번의 여름 항해를 하면서 새끼 새 1,000마리에 인식용 밴드를 채웠다.

방문한 서식지 중에서 가장 기억에 남는 곳은 '스카치 보닛'과 이름이 같은 곳이었다.

'스카치 보닛 록'은 프린스에드워드 해안에서 14킬로미터 남짓한 바위섬으로 무인 등대가 있다. 계절마다 한두 번 자동 전구의 가스통을 채우러 오는 발길이 전부다. 인간의 방해가 없어서 많은 갈매기와 가마우지떼가 바위를 집과 번식지로 삼는다.

활기찬 6월, 우린 힘찬 바람에 돛을 휘날리며 바다 쪽에서 바위섬으로 갔다. 쨍쨍한 햇살이 넘실대는 물살에 쏟아졌다. 물결과 바람이 거세서 아버지는 이따금 돛 밑에 누워 앞뒤로 흔들렸고, 나는 작은 배를 노 저어 해안으로 갔다. 육지를 떠난 지 한참 되어 나무가 그리운 머트는 나를 따라나서겠다고 고집을 부렸다.

노를 젓기가 힘들었다. 바다가 힘차고 파도가 고르지 않아 작은 배가 출렁대서, 섬이나 배가 보이지 않는 때도 많았다.

나는 바람이 부는 쪽으로 상륙해서, 거룻배가 물살에 떠내려가지 않도록 단단히 끌어 올렸다. 주변에서 갈매기떼가 성을 내며 날아올랐고, 바람이 섬을 지나 내 얼굴로 몰려들어서 새가 많다는 걸 확실히 깨달았다. 머트는 나무를 찾아 쏜살같이 달려

갔지만 나무가 없어 잠시 머뭇대다 결국 등대로 향했다. 애타는 개의 눈에 등대는 가장 거대한 기둥이었겠지.

어린 가마우지의 발에 밴드를 채우는 것은 비위가 약한 사람은 하기 힘든 일이다. 새끼들은 반 이상 자랄 때까지 알몸이고, 긴 목과 볼품없는 배는 보기 흉하다. 둥지는 대충 지은 구조물로 썩은 물고기와 구아노(바닷새의 똥이 쌓여 굳은 것 - 옮긴이)가 버려져 있었다. 어린 가마우지들은 의심스런 누군가가 다가오면 못마땅한 시선으로 노려보고, 상대가 사정권 안에 들어오게 두었다가 갑자기 몸부림치면서 반쯤 소화된 물고기를 게워냈다.

이 지독한 습성을 알기에 나는 새끼 가마우지들에게 조심스럽게 접근했다. 그런데 머트는 사전 지식이 없었다.

등대에서 일을 마치자 머트는 둥지가 있는 구역을 지나 내게 향했다. 처음에는 새끼 새들을 피했지만, 호기심을 가누지 못하고 결국 우정의 몸짓으로 코를 쭉 내밀고 가마우지에게 다가갔다. 새는 즉시 몸부림치면서 역류시킨 물고기를 머트의 얼굴에 명중시켰다.

내가 밴드를 달다가 머트의 성난 비명에 정신을 차리고 몸을 일으키는 순간, 머트가 맹목적으로 새들 가운데로 달려오는 모습을 보았다. 경솔하게 직선으로 달려서, 옆에 있는 새끼 가마우지들에게 스스로 쉬운 목표물이 되었다.

머트는 나를 보더니 내 쪽으로 방향을 바꾸었지만, 우정과 형제애도 한계가 있는 법이라 난 냉큼 머트의 발이 닿지 않는 튀어나온 바위로 피했다. 머트는 바위 아래서 잠깐 멈춰서 내게 못마땅한 눈초리를 던졌다. 그러더니 섬의 해안 쪽으로 방향을 틀어 호수로 볼썽사납게 뛰어들었다.

나는 작은 배를 물에 띄우느라 쩔쩔맸고, 해변의 난폭자들을 따돌릴 즈음 머트의 자취를 찾을 수가 없었다. 작은 배가 순간적으로 물결을 타고 치솟은 틈을 타 해안을 훑어보았다. 마침내 머트의 검은 머리를 힐끗 보았고, 15킬로미터쯤 떨어진 중앙 해안으로 향하는 걸 알 수 있었다.

즉시 시야에서 머트가 사라졌지만, 왕년의 원수가 머트를 구해주었다. 갈매기떼가 울면서 머트 위로 날아들어 내게 위치를 알려주었다.

아버지는 내가 섬을 떠나는 것을 보고 문제가 있음을 간파했다. 아버지가 배를 돌려 내게로 향했고, 나는 갈매기떼 쪽을 손짓했다. 아버지는 작은 배에 머트가 없는 걸 보고 즉시 사정을 알아챘다.

머트를 끌어서 배에 태워야 했고, 녀석은 구해줘서 고맙다고 내색하지 않았다. 헤엄을 쳐서 몸이 깨끗해졌지만, 분노의 기억은 계속 남았다. 조종실 의자 밑의 아늑한 자리로 기어 들어가 그날 내내 머물다가, 배가 머레이 운하에 정박할 때에야 밖으로 나왔다. 그때도 습관처럼 해안으로 냉큼 달려가지 않고 오랫동안 갑판에 서서 푸른 풀밭과 마음을 끄는 나무들을 의심스럽게 쳐다보았다.

긴 항해는 머트에게 어려움을 안겼다. 우린 전봇대 대신 돛대에 대고 일을 보라고 설득하지 못했다. 항해하는 동안 머트는 배변이라는 자연현상을 거부했다. 집 밖에서 대소변을 보도록 워낙 길이 들어서 '스카치 보닛'을 집으로 느꼈거나 배가 흔들려 세 발로 균형을 잡는 게 불가능하진 않아도 어색하거나 둘 중 하나였다.

결과적으로 긴 항해 후 육지에 가까워지면, 머트는 땅에 내리려고 극도로 안달했다. 육지가 보이기도 전에 머트는 냄새로 알 수 있었다. 그래서 머트가 움찔대고 낑낑대면서 간절히 수평선을 바라보면, 우린 곧 해안이 나오리란 걸 알았다.

어느 여름, 온 가족이 나이아가라에서 호수를 따라 내려가 킹스턴으로 향했다. 바람이 별로 없어서 물 위에 36시간 동안 있었다. 마침내 목적지인 킹스턴이 보이자 머트는 자제할 수가 없었다.

킹스턴은 어퍼 캐나다(온타리오 주의 다른 이름 - 옮긴이) 초창기에 건설되었고, 전성기 시절의 빅토리아 시대 분위기가 많이 남아 있다. 줄줄이 늘어선 회색 석조 주택은 회색 돌의 정신 같은 것을 보여준다.

선창에 접어들어 밧줄을 해안으로 던지기도 전에 머트는 '스카치 보닛'과 선창의 사이로 뛰어내리더니 사라졌다. 바로 앞에 나무가 없어서 머트는 고풍스런 판석 깔린 길을 뛰어 올라가 동네로 향했다.

초라한 노인이 밧줄을 받아 우리 배를 기둥에 맸다. 노인이 배에 올라오더니 옛 선원이라고 말했다. 늘 아버지의 마음을 약하게 하는 말이다.

우리가 술을 대접하자 한참 후 노인이 말했다.

"개가 있다고 인정하슈."

우린 맞다고 인정했다.

그러자 노인이 말했다.

"그럼 개를 배에 단단히 간수하는 게 좋을 거요. 대학의 젊은 의대생들이 소름 끼치는 짓을 한다고 하니. 개한테 무서운 짓을 한답디다."

"개한테 무슨 짓을 하는데요?"

내가 순진하게 물었다.

노인은 침을 뱉더니 술을 더 들이켰다.

"무서운 짓을 한다더구먼."

그 말이 전부였다.

내가 그 사람들이 개를 어디서 구하느냐고 묻자 노인은 대개 시내 보호소에서 구한다고 대답했다.

노인은 괴로운 말투로 설명했다.

"내가 그 일, 개장수를 했어야 하는디…… 다만 나는 민주당원이고 이 동네는 보수당 구역이라서. 그 일을 했으면 돈벌이가됐을 틴디. 개는 한 마리에 10달러, 고양이는 5달러…… 학생들이 그 액수를 내는디."

아버지는 약간 불안한 표정으로 선창가를 쳐다봤지만 머트는 보이지 않았다.

아버지가 좀 초조하게 노인에게 물었다.

"설마 킹스턴에 개를 풀어놓는 걸 금지하는 법은 없겠지요?"

노인이 콧방귀를 뀌었다.

"법! 당연히 법이야 있소. 개장수에게 망할 법이 뭔 필요가 있나. 뒷마당에서 개를 낚아채서 쇠줄로 묶으면 끝이구먼."

노인은 투덜대면서 배에서 내려갔지만 선창가를 벗어나기 전에 우리가 앞질렀다. 우린 다급했다.

나는 선창가 도로를 올라갔고 아버지는 물가를 따라 동쪽으로, 어머니는 서쪽으로 향했다. 내가 붙들고 물어본 사람들 모두 머트처럼 생긴 개를 못 봤다고 했다. 한 시간 후 선창가로 돌아가니, 아버지도 어머니도 빈손으로 돌아와 있었다.

아버지는 안달하기 시작했다. 머트가 개장수의 올가미에 걸려 이미 해부 실습대로 가는 중이라는 생각에 부신(신장 위쪽에 붙은 호르몬 생성 기관 – 옮긴이)이 확장되었다.

아버지가 내게 말했다.

"너는 보트장에서 자전거를 빌려 계속 찾아보거라. 나는 동물보호소에 가볼 테니."

동물보호소에 도착할 즈음 아버지는 부아가 났지만 거기에 개장수는 없었다. 대신 핼쑥한 청년이 껌을 씹으면서, 낡은 의자에 널브러져서 경마신문을 읽고 있었다. 청년은 당장 머트를 내놓으라는 아버지의 요구를 심드렁하게 들었다.

마침내 청년은 건물 뒤쪽의 철망이 둘러진 우리를 힘없이 손짓했다.

"댁의 개가 거기에 있으면 2달러를 내고 가져가시면 돼요. '킹스 플레이트'(북아메리카에서 가장 오래된 경마 대회 - 옮긴이)에서 레드 애플이 가능성이 있다고 생각하세요?"

아버지는 대꾸할 새 없이 부랴부랴 뒤로 갔지만, 불길하게 텅 빈 우리와 마주쳤다. 보호소에 개가 한 마리도 없었다. 아버지는 다시 나가서 청년이 의자에서 벌떡 일어날 만치 큰 목소리로 개장수에 대해 물었다.

청년은 불손해졌다. 청년이 말했다.

"그럼 개가 된 척해보지 그래요. 대학에서 쓸어 갔어요. 도중에 개장수가 당신을 잡으러 오게 개인 체해보라고요."

청년이 그 순간 거의 죽을 수도 있다는 걸 알았다면, 경마신문 따윈 영원히 버리고 신약성서를 움켜잡았을 텐데. 그런데 아버지가 딴청을 피울 시간이 없었던 덕분에 청년은 목숨을 구했다.

보호소에서 나오자 아버지는 택시를 타고 곧장 시청으로 향했다. 먼저 시장실에 가려고 했지만 시장이 하수도 관련 회의에 참석하러 출장 중이었다.

하지만 경찰서장실이 가까이 있자 아버지는 적진에 달려드는 기세로 뛰어 들어갔다. 사무실에 뚱보 경관 한 명만 있었고, 경관은 동정심 없이 곧 적대감을 드러낼 기세였다.

경관은 잔뜩 위엄을 부리면서 개 보호소를 '불법적으로다가' 운영하지 않는다고 지적하면서, 아무튼 아버지가 개를 '자유로 뛰어다니게' 했으니 중죄를 범했다고 말했다. 아버지의 사서 기질이 자동적으로 발동되었다.

아버지가 쏘아붙였다.

"자유'롭게' 뛰어다니게."

경관은 문법을 몰랐다.

경관이 소리쳤다.

"달려나가는 게 좋을 거요! 아니면 내가 처넣을 테니!"

아버지는 이제 공권력의 도움을 포기하고 전화 부스를 찾아서, 대학 의대 건물에 전화했다.

전화벨이 울렸다. 상대방이 집에 없거나, 있더라도 바빠서 전화를 못 받을 때처럼 계속 울어댔다. 아버지는 의대 사람들이 무척 바쁘다고 의심했다. 머트가 묶여 있고, 흰 가운을 입은 사람들이 달려드는 섬뜩한 장면이 그려졌다. 아버지는 전화기에서 동전이 떨어지기를 기다릴 새도 없이 부스에서 나왔다. 여기 킹스턴에서 도움을 구할 친구가 있는 곳이 한 군데 기억나서였다. 바로 군대 막사였다.

장교 막사로 뛰어 들어가니 당직 장교 한 명만 있었는데, 정말 우연하게도 제1차 세계대전 기간에 제4대대에서 같이 복무한 전우였다.

장교는 옛 친구를 보자 기뻐했다. 평화 시기의 당직 근무야말로 지겹기 짝이 없으니 유독 반가웠으리라. 아버지가 사정을 털어놓자 장교는 공감하면서 눈을 반짝이며 귀를 기울였다.

설명이 끝나자 장교는 아버지의 어깨를 다정하게 치면서 말했다.

"그놈의 민간인들이 검둥개를 끌고 갔을 거라고? 이거 위급 상황이군, 친구. 내 말을 들어보게…… 경비대를 소집해서 적절한 구조 작전을 펼쳐야겠네."

장교는 말한 대로 조치했고 5분 후 무장한 소대 병력이 민첩하게 도심 거리를 지나 대학교로 향했다.

경비대가 도중에 개장수를 만나지 않은 게 다행이었다. 왜냐면 군인들은 개를 무척 좋아하는데다 어떤 민간 공권력도 못마땅해하니까. 하지만 경비대가 나와 만난 것은 더 큰 행운이었다. 그러지 않았다면 그날 킹스턴에서 기억에 남을 일들이 벌어졌을지 모르니.

의대 건물에 불이 붙었다면 의대생들이 수수방관하지만은 않았겠지. 그리고 난리가 났다면 경찰서장은 학생들을 위해 경찰대를 급파했을 테고. 군과 경찰이 맞붙었다면, 보충 병력이 요청되었을 테고 여기에 장교 막사 앞에 서 있는 야포 두 기(보어 전쟁의 유물이지만 아직도 위험한 소리를 낼 수 있는)가 포함되었을지도 모르겠다.

어찌 보면 내가 개입한 게 아쉽긴 해도 아무튼 끼어들었다. 내가 빌린 자전거를 타고 아버지와 경비대를 만났을 때 대학 정문까지 아직 400미터가 남아 있었다. 나는 머트를 찾았다고 알렸다.

죽은 뱅어들과 두 시간 동안 갇혔다가 선창 아래서 끌려 나온 머트는 아버지의 태도를 도무지 이해하지 못했다. 머트는 큰 소리로 혼나는 것을 질색했다. 그래서 며칠간 샐쭉했다.

16

4월의 길

잠에서 깨니 비가 내리고 있었다. 포근한 보슬비가 유리창을 마구 치는 게 아니라 순한 대기 속으로 녹아들어, 아침 냄새가 생각에 젖은 젖소들의 숨결처럼 질펀하고 달짝지근했다.

식사하러 내려갈 즈음 비는 멎었고, 갈색 구름이 지나가고 파란 그물 같은 하늘에 마지막 구름이 덩굴손마냥 흔들렸다. 뒷문으로 가서 한참 서서, 먼 들판에서 나는 두뿔종다리의 왈츠에 귀를 기울였다.

음산하고 지독한 겨울이 거의 이 시간까지 기약 없이 늘어지다가, 마지못해 심통을 부리며 봄에게 밀려났다. 춥고 칙칙하고, 습한 바람이 몰아치는 3월은 납골묘 같은 분위기를 풍겼다. 이제 지나간 일이 되었다. 나는 문지방에 서서 기억 속의 햇살을 느끼고 졸졸 흐르는 물소리를 들었다. 도랑에서 누런 진흙이 삼각주를 이루는 깃을 지켜보고, 따뜻해지는 흙에서 올라오는 질펀한 냄새를 맡았다.

머트가 문간에 나와 내 뒤에 섰다. 몸을 돌려 머트를 쳐다보니, 문득 세월이 획획 지나 녀석이 늙었다는 걸 알았다. 머트의 주둥이를 손에 쥐고 가만히 흔들었다.

내가 말했다.

"봄이 왔네요, 할아버지. 혹시 알아? 오리들이 연못에 돌아왔을지."

머트는 한 번 꼬리를 흔들더니, 부는 산들바람을 시험하느라 콧구멍을 찡긋하면서 뻣뻣하게 내 옆을 지나갔다.

지난겨울은 머트가 겪은 가장 긴 겨울이었다. 해 짧은 하루 내내 머트는 난롯가에 엎드려 꿈을 꾸었다. 머트는 하나 남은 방향으로 시간 여행을 하면서, 다문 입술을 파르르 떨며 들릴락 말락 낑낑댔다. 머트는 나른한 잠에 빠져 엄동설한의 나날을 꿈꾸었다.

나는 아침 식탁에 앉자 부엌 창문을 힐끗 내다보았다. 머트가 느릿느릿 길을 내려가 연못으로 향하는 모습이 보였다. 오리들이 왔는지 보러 간 걸 알기에, 난 식사를 마친 후 장화를 신고 휴대용 쌍안경을 챙겨서 뒤따라 나섰다.

시골길은 녹은 물이 도랑을 이루고, 울룩불룩한 바퀴 자국이 흘러내려 갈색이 되었다. 그 도로에 다른 행인은 없었지만 난 혼자가 아니었다. 내 손자국만큼이나 익숙한 머트의 발자국이 함께했다. 난 발자국을 따라갔고 머트가 한 일, 머트의 움직임, 머트의 생각을 일일이 다 알았다. 둘이 평생 함께하면 훤히 알게 마련이다.

발자국이 도로에 게걸음처럼 이리저리 나 있었다. 머트가 지나간 낡은 '출입 금지' 표지판 앞이 보였다. 표지판은 겨우내 눈 더미를 떠받친 널빤지에 기대 있었지만, 이제는 아무렇게나 자빠져서 삐죽빼죽한 끄트머리가 항의하듯 하늘로 향했다. 검은 방울새들은 무력한 표지판의 엄포를 무시하고 하늘로 뛰어올랐다. 발자취는 여기서 멈추었고, 난 머트가 한참 서 있었다는 걸 알았다. 겨울 몇 달간 이 길을 지나간 많은 여우들, 농가 개들, 사냥개들의 뒤섞인 냄새를 하나씩 알아냈겠지.

우린, 발자국과 나는 오래된 통나무 깔린 길을 지나 통나무 다리를 건넜고, 동면 중인 누룩뱀이 폭신한 진흙을 느릿느릿 꿈틀대며 지나갔던 곳에서 잠시 멈추었다.

거기서 머트는 길을 벗어나 휴경지로 접어들었고, 이따금 멈추고 오래된 소똥 더미나 눈이 녹자 드러난 무너지는 들쥐 굴을 킁킁댔다.

마침내 우린 너도밤나무 숲에 도착해서 이리저리 뻗은 새싹 돋는 가지 아래를 지났다. 붉은 가지에서 진지하게 흰 알들을 품은 수리부엉이의 경계심 없는 등에 대고 다람쥐가 도전조로 깩깩댔다.

연못은 가까이 있었다. 나는 걸음을 멈추고 쓰러진 나무의 그루터기에 앉아서 쏟아지는 햇볕을 받으며 쌍안경으로 수면을 봤다. 오리들이 보이지 않았지만 거기에 있다는 걸 알았다. 노란 부들개지들 속에서 암수 청둥오리가 내가 비켜서 짙은 애정 행각을 재개할 수 있기를 참고 기다렸다. 외진 곳이지만 그들의 평온이 오래가지 않으리란 걸 아는 나는 싱긋 웃었다.

내가 기다리자 첫 벌이 날아왔고, 아직 남은 눈더미에서 나선형의 안개가 얼핏 떠올랐다. 그때 갑자기 죽은 부들개지들 속에서 거칠게 짖는 낯익은 소리가 들렸다. 그러더니 갈대 속에서 정신없는 날갯짓과 청둥오리 수컷이 떠올랐고 암컷이 뒤따랐다. 그들이 둔중하게 원을 그렸고, 그 아래서 보이지 않게 머트가 엉킨 갈대 속으로 뛰어들었고 희열을 감지했다. 오래전 다른 연못들 위로 총소리가 났을 때 맛보던 희열을.

일어나서 계속 걷다가 갈대 뒤에서 다시 머트의 발자취를 발견했다. 발길은 아메리카 낙엽송 늪지로 이어지고, 머트가 잠깐 멈춰서 아직 문이 열리지 않은 다람쥐 굴을 쿵쿵댔다는 걸 알 수 있었다. 근처에 참죽나무가 엉켜 있고 목도리뇌조가 밤을 보냈던 큰 가지 밑에서 빙글빙글 돈 발자국이 있었다.

우리는, 머트와 나는 빈터를 가로질렀고 여기서 발정난 사슴들이 빙빙 돌리고 던진 듯한 말랑한 빵 곰팡이가 있었다. 잠시

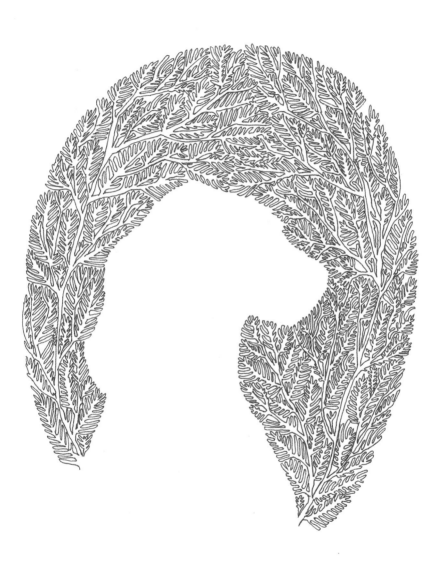

당황스러웠지만, 그때 나비가 날개를 비틀대며 빈터를 지나오자 그제야 기억이 났다. 머트가 그런 것을 쫓아서 뛰어오르고 폴짝폴짝 달리고, 빙빙 돌면서 첫 봄 나비에게 끌려다니며 놀림당하는 걸 아주 여러 번 봤다. 어제 장난치는 강아지들에게 얼굴을 찌푸리던 화난 노신사가 떠올랐다.

이제 발자취는 늪지 뒤편, 넓은 들녘의 끄트머리로 나를 이끌었다. 여기서 근래 2년간 쓰지 않은 마멋의 굴 때문에 발길은 머뭇거렸다. 그래도 얼핏 냄새가 남아 머트는 관심을 갖고 불룩한 주둥이를 움찔대고 엉긴 풀밭을 뭉툭한 발로 긁어댔다.

머트는 오래 지체하지 않았다. 토끼가 지나가서 아침 바람에 토끼 냄새가 실려 왔다. 머트의 발길은 갑자기 옆으로 빠져, 10월에 경작한 푸석해서 잘 무너지는 이랑들 위를 조심성 없이 달리다가 서리 낀 고랑에서 미끄러졌다. 나는 더 침착하게 따라갔고, 갑자기 가시덤불에서 발자취가 끊겼다. 머트는 오래 멈추지 않았다. 가시에 머트의 자랑인 털이 아직 걸려 있었다.

그때 틀림없이 바람결에 새로운 냄새가 실려 왔을 것이다. 머트의 발자국은 곧장 시골길 쪽으로, 그 뒤편의 농가로 옮겨갔다. 새로운 기분이, 봄의 기운이 감돌았겠지. 그게 뭔지 난 알았다. 첫 번째 농가에 사는 콜리 암컷의 이름도 알았다. 머트에게 행운이 따르길 빌었다.

난 곧장 도로로 돌아왔고 장화가 진흙탕에 푹푹 빠졌다. 그때 트럭이 요란하게 내 쪽으로 달려와 흙탕물을 뿌리고 지나갔다. 운전자가 무작정 차를 달려 칠 뻔하자 나는 화가 나서 차의 뒤 꽁무니를 쳐다봤다. 차는 휙 돌면서 굽이도는 도로를 지나 시야에서 사라졌다. 갑자기 끼익 브레이크 소리가 나더니 가속하는 소리가 나다가 사라졌다.

난 몰랐다. 그 차가 지나가면서 내 화양연화를 끝냈다는 것을.

그날 저녁 나는 농부를 태우고 그 도로로 달려갔다. 나를 데리러 온 농부는 침묵했다. 우리는 길이 굽어지는 곳 뒤쪽에서 멈추었고, 난 거기 길가 도랑에서 머트를 발견했다. 내가 뒤쫓았던 발자취는 여기서 끝났고, 다시는 내 마음을 이끌어주지 않을 터였다.

그날 밤 비가 내려서 새벽녘에는 발자취조차 사라졌다. 해가 뜨면서 말라붙은, 참죽나무 늪지 옆에 작은 발자국 몇 개만 남았다. 그 외에는 없었다. 엉긴 가시덤불에서 떨어져서 떠오르다 나뭇잎 사이에 내려앉은 흰 털 뭉치만 있을 뿐.

우리 둘 사이의 영원하자는 약속은 끝났고, 나는 머트와 헤어져 어둑한 세월의 터널로 들어갔다.

세상에 단언할 수 있는 일은 없다. 어릴 적부터 난 동물을 무서워했고, 심지어 조류공포증까지 있다. 그러니 집에서 개를 키우는 것은 꿈도 꾸지 못할 일이었다. 게다가 아버지는 개뿐 아니라 개를 키우는 사람도 싫다는 분이셨다. 그런데 30년 전 어느 날 동생이 집에 강아지를 데려왔다. 체중이 600그램인 그야말로 핏덩이를 쇼핑백에 숨겨서 제 방에 두고 우유를 먹이다가 들켰고, 가족회의 끝에 딱 사흘만 데리고 있다가 보내기로 했다. 말미 사흘은 16년이 되었고, 치키는 진짜 가족이 되었으며 특히 아버지의 뜨거운 사랑을 받는 '아들'이 되었다.

몇 년 후 내 딸 유나가 태어나자 치키는 삼촌이자 베스트프렌드로 함께 살았다. 유나가 열한 살이던 때 치키는 무지개다리를 건넜고, 15년이 지난 지금도 유나는 늘 치키 이야기를 하고 그리워한다. 나도 녀석이 너무너무 보고 싶다. 치키가 떠나고 정확히 2개월 후 아버지도 눈을 감으셨다. 우리 가족은 치키가 함께 있으니 아버지가 외롭지 않으실 거라고 서로 위로하며 지냈다. 그래서 『개가 되기 싫은 개』의 번역 작업은 내게 지난 시간을 불러내어, 기쁘고 재미나고 애틋하면서 가슴 뻐근한 그리움에 젖게 해주었다.

팔리 모왓은 전 세계 오지를 여행하고 여러 종족을 만나면서 마흔네 권의 책을 출판한 작가다. 『개가 되기 싫은 개』는 작가가 20세기 초반의 캐나다 대평원 지대에서 유년기를 보낼 때 개 머트와 가족이 겪은 웃기고 이상하고 따뜻한 에피소드를 다룬다. 개 이름을 잡종견이라는 뜻의 '머트'로 지은 팔리, 잡종견을 한 마리밖에 없는 족보 있는 사냥개라고 허풍 떠는 아버지, 강아지 머트에게서 새를 물어오는 사냥개의 가능성을 본 어머니. 자연을 사랑하고 탐험가 정신을 가진 세 식구는 자신을 개로 여기지 않는 개 머트와 캐나다 서부 시골에서 동부의 대도시까지 누비면서 사냥을 하고, 자동차 여행을 하고 항해를 한다. 그 와중에 머트가 동네 개들, 고양이들, 부엉이들, 무엇보다 사냥감인 새들과 벌이는 온갖 사건은 장난꾸러기 소년 팔리에게 세상을, 대자연을 선사한다.

먼지 풀풀 이는 시골길을 달리는 차에 고글을 쓰고 태연하게 앉아 있는 개, 못마땅하지만 수리부엉이와 함께 사는 개, 배를 타고 항해하다가 멀미하는 개, 산에 가면 봉우리까지 등산하는 개, 호숫가의 다이빙보드에서 멋지게 다이빙하는 개. 이런 독특한 개와 지난 세기 중반을 마음껏 누릴 수 있는 소중한 시간을 『개가 되기 싫은 개』에서 누릴 수 있다.

공경희

개가 되기 싫은 개

초판 1쇄 인쇄 | 2020년 1월 15일
초판 1쇄 발행 | 2020년 1월 22일

지은이 | 팔리 모왓
옮긴이 | 공경희
펴낸이 | 박남숙

펴낸곳 | 소소의책
출판등록 | 2017년 5월 10일 제2017-000117호
주소 | 03961 서울특별시 마포구 방울내로9길 24 301호(망원동)
전화 | 02-324-7488
팩스 | 02-324-7489
이메일 | sosopub@sosokorea.com

ISBN 979-11-88941-38-4 03840
책값은 뒤표지에 있습니다.

아 도서의 국립중앙도서관 출판예정도서목록(CIP)은 서지정보유통지원시스템 홈페이지(http://seoji.nl.go.kr)와
국가자료공동목록시스템(http://www.nl.go.kr/kolisnet)에서 이용하실 수 있습니다. (CIP제어번호 : CIP2019053183)